EIN TÖDLICHES SPIEL

TITAN-SERIE

New York Times Bestsellerautorin

CRISTIN HARBER

AUS DEM AMERIKANISCHEN VON MELANIE QUARLES

KAPITEL EINS

D AS NACHMITTAGSLICHT STRÖMTE durch die Lamellen der Schlafzimmerjalousien. Brock Gamble hatte tagelang einsam und betrunken zu Hause verbracht. Ohne Frau. Ohne Kinder. Nur er und die leeren Jack und Johnny Flaschen.

Eine volle Ladung Übelkeit katapultierte sich aus seinem säuerlichen Magen und er stolperte ins Badezimmer, trocken würgend, was nichts Neues war. Auf die Knie stürzend, blieb sein Blick beim Wachbecken hängen. Leer- ohne die Sachen seiner Frau Sarah. Er drehte seinen Kopf zur Badewanne, wo niemand das Badespielzeug berührt hatte, auf das er immer trat.

Seine Einsamkeit hallte wie ein Echo.

Die Zeit verging, während er tiefer in sein eigenes Höllenloch kletterte. Zunächst schien es überwindbar. Sarah würde nach Hause kommen. Es würde vorübergehen, sobald er es erklären konnte. Aber dann wurde aus einer Woche zwei und niemand kam.

Ich vermisse sie so sehr. Und die Kinder... Er konnte den Schmerz einfach nicht ertragen. Eine schlechte Entscheidung hatte zur nächsten geführt. Als seine Familie entführt worden war, hatte er nicht klar denken können. Er hatte eine Person nach der anderen verraten. Seine Familie, als er keine der Black-Ops-Ressourcen der Titan Gruppe genutzt hatte. Seinen Mentor, Jared Westin, der ihm alles beigebracht hatte, was das Militär nicht konnte. Seine Männer, das Titan-Team, in deren Adern Loyalität statt Blut floss. Und er hatte Sugar verraten, eine Freundin, die er entführt und im Austausch für die sichere Rückkehr von Sarah und den Kindern angeboten hatte.

Nichts hatte funktioniert. Welch Überraschung. Er wurde von seinen

Eiern getrieben, anstatt taktische, strategische Entscheidungen zu treffen.

Reue brach auf ihn ein wie eine brutale Flutwelle. Die gleiche Welle peitschte ihn Tag für Tag. Als ihn ein weiterer mächtiger Schlag von Schuld und Verrat mit voller Wucht traf, wusste Brock, dass er sich übergeben und bald ohnmächtig werden würde. Nur damit der Sandmann ihn mit seinen Alpträumen besuchen kommen konnte.

Schließlich, als er zurück ins Schlafzimmer kroch, stand er lange genug, um den Raum nach einer Schnapsflasche abzusuchen. Egal was es war, irgendetwas, dass seine Gedanken betäuben würde.

Er brauchte einen weiteren Schluck, damit er entweder im Schlaf starb oder, falls er damit kein Glück haben sollte, in der Lage war, jeden Traum zu vergessen, der ihn im Schlaf quälen würde.

„MAMI." KELLY STAPFTE ins Zimmer, dicht gefolgt von Jessica, die genauso stapfte, wie ihre ältere Schwester. „Jess macht mich dauernd nach. Sie lässt mich einfach nicht in Ruhe. Sag ihr, dass sie verschwinden soll." Jessica stampfte mit dem Fuß, ganz genau wie Kelly. „Jess macht mich dauernd nach. Sie lässt mich einfach nicht in Ruhe. Sag ihr, dass sie—"

„Mädels, geht und sucht Oma. Sagt ihr, dass ihr etwas zu tun braucht." Wenn die Streitigkeiten unter den Geschwistern ein Zeichen der Normalität waren, dann sollten Sarahs Kinder ganz gut zurechtkommen. Sie hatten eine Entführung überlebt, waren zu ihrer Mutter gezogen und hatten ihren Mann verlassen… wer weiß wo ihr Mann überhaupt war. Er war nicht nach Hause gekommen und sie musste einfach aus dem Haus. Überall, wo sie hinschaute, war eine Erinnerung an ein Leben, das sie nicht mehr wollte. Sie konnte nicht mit einem Mann unter einem Dach leben, den sie nicht wirklich kannte. Diese Entscheidung war alles andere als rational, aber sie hatte die Zelte abgebrochen und ihm eine Nachricht hinterlassen.

Ich habe dich nie über deine Arbeit ausgefragt, weil ich dir vertraut habe. Ich kenne dich nicht und ich weiß nicht, wie du mit dir selbst leben kannst.

Es war brutal gewesen. Sie war so emotional. Wenn sie die Zeit zurückdrehen könnte, hätte sie wahrscheinlich eher etwas in der Art gesagt wie,

Ich verstehe einfach nicht wieso Titan und die Menschen, mit denen du arbeitest, uns etwas Böses wollen. Ich stand unter Schock. Tue es noch immer. Du hast versprochen, dass was auch immer du bei deiner Arbeit tun musst, wir in unserem Heim sicher sein würden und ich fühle mich verraten, verwirrt und verletzlich. Es geht hier nicht nur um mich, sondern ich muss unsere Kinder in Sicherheit bringen.

Es war egal, was sie schrieb, er war nicht für sie da gewesen, nachdem sie eine Schießerei überlebt hatte. Er war nicht nach Hause gekommen, um nach ihr zu sehen, hatte nicht wegen der Kinder angerufen. Sarah hatte gewusst, dass er losgegangen war, um die Welt zu retten, wenn er mit Titan arbeitete. Dass er Dinge tat, die fragwürdig waren, aber er versprach, dass es zum Wohle der Allgemeinheit war. So viele Fragen. So viele überwältigende Emotionen. Und nichts davon war es wert, hier zu bleiben, wenn sein Lebensunterhalt ihre Kinder gefährdete.

Kelly und Jessica ignorierten ihren Vorschlag, Oma zu suchen. Vielleicht lag es am Alter. Mit acht und sechs waren Kelly und Jessica wie Teflon. Nichts schien an ihnen haftenzubleiben, zumindest an der Oberfläche, obwohl sich Sarah sicher war, dass sie anfangen sollte, Geld für eine Therapie beiseite zu legen. Eine Familie verließ nicht einfach so den Vater und blieb dabei unversehrt.

Es war nur eine Frage der Zeit, bis ihre unsichtbaren Wunden zum Vorschein kamen.

Brock war mehrere Wochen am Stück für seine Arbeit weg von zu Hause. Was nun wie ein Segen erschien. Die Mädchen waren es gewohnt, dass er nicht da war. Und auch sie war es gewohnt, ohne ihn zu leben. Aber das hier war anders.

Jede Nacht weinte sie sich in den Schlaf, weil sie den Mann, von dem sie dachte ihn zu kennen, liebte. Doch der war schon lange fort, hat vielleicht niemals wirklich existiert. Sie hatte in der Woche, in der sie mit dem Feind gelebt hatte, mehr über Brock erfahren als in einem Jahrzehnt ihrer Ehe.

Sie war naiv gewesen. Bewusst oder vielleicht unbewusst hatte sie den Blick für das, was er auf seinen Arbeitsreisen tat, verschlossen. Wenn er mit

Schusswunden oder Verbrennungen durch Explosionen nach Hause kam, wusste sie, dass er ein Leben gerettet, keines genommen hatte.

Umgeben von halb ausgepackten Kisten im Gästehaus ihrer Mutter in Pennsylvania, fragte sich Sarah, wie ihr Leben in Virginia so behütet gewesen sein konnte.

Ihr Handy klingelte. Sie griff danach, als die Mädchen nach draußen rannten. *Sugar.* „Hi—"

„Bist du am Schmollen oder Überleben?"

Wenn es eine Sache gab, die sie über Sugar gelernt hatte, dann war es, dass die Frau direkt war.

„Überleben. Mehr oder weniger."

„Was ist mit den Mädchen?"

Sie starrte aus dem Fenster und wickelte ihre Hände in ein Geschirrtuch ein und wieder aus. „Sie scheinen sich zu freuen, in einer normalen Schule zu sein. Sie ist klein, privat, nicht zu überwältigend. Das klappt ganz gut. Ganz anders als wenn ich sie zu Hause unterrichte."

„Und du? Du bist in den Norden abgehauen, wie soll das deinen Problemen helfen?"

Sarah schluckte den Klumpen in ihrem Hals. „Was meinst du damit?"

„Brock."

Beim Klang seines Namens schien sich ihr Arm in Stein zu verwandeln. Sie ließ ihn einfach an ihrer Seite herabfallen. Das Handtuch baumelte, so leblos wie sie sich fühlte. „Du kennst ihn besser als ich, Sugar. Definitiv in einem anderen Licht."

„Schwachsinn."

Sie lachte traurig. Sugar hielt nie etwas zurück. „Ich vermisse ihn und ich wünschte, die Dinge wären anders."

„Hör auf mit dem Scheiß, Sarah. Das ist das Dümmste, was du je zu mir gesagt hast. Ich war bei dem ATF. Ich wurde dafür ausgebildet. Wenn er zu panisch war, um sich an Titan zu wenden und etwas tun musste, um seine Familie zu retten, war ich doch eine gute Wahl. Ich würde es überleben. Niemand konnte mich einfach so ausschalten"

„Ich denke einfach—"

„Wenn du jetzt mit dieser wehe-mir-wehe Scheiße ankommst, muss ich vielleicht nach Pennsylvania kommen und dir etwas Verstand eintrichtern. Gib dem Kerl eine Chance."

„Entschuldigung?"

„Gib ihm eine Chance, es dir zu erklären."

„Du hast ihm verziehen, was er dir angetan hat? Schön." Sie ließ das Handtuch schnalzen. „Nun, ich kann es nicht."

„Das ist die Last, die ich zu tragen habe, Süße. Er hat versucht, dich zu retten."

„Wenn er andere Entscheidungen getroffen hätte, wenn ich gewusst hätte, dass die Kinder in so großer Gefahr waren…" Sie drehte sich um, um zu sehen, ob sie sie hören konnten, aber Kelly und Jessica waren damit beschäftigt, sich gegenseitig zu terrorisieren.

„Wenn er—"

„Wenn er was getan hätte, Sarah? Ich hatte die gleiche Unterhaltung mit Jared. Also beantworte mir diese Frage- wenn er was getan hätte? Verzweifelte Männer treffen verzweifelte Entscheidungen. Sie sind alle Schwachköpfe. Und du musst damit klar kommen."

Sie konnte nicht stillstehen und verließ das Zimmer.„Ich bin wütend auf ihn."

„Verdammt, das bin ich auch."

„Du warst nicht mit ihm verheiratet."

„Du bist es immer noch."

Sie biss sich auf die Lippe. „Ich bin es noch."

Dennoch kam sie nicht über ihre Wut hinweg. Es war ein Teufelskreis, ein absurder, sinnloser Kreis. Wie ein Hamster, der auf seinem Rad rennt, als sich ihr Verstand zu drehen begann, keuchte sie durch geistige Runden und versuchte, eine Antwort zu finden. Der Versuch, Erleichterung oder Befreiung oder eine Lösung zu finden. Aber die ständige Wiederholung half nicht weiter.

„Sarah," fuhr Sugar sie an. „Hast du gehört, was ich gesagt habe?"

„Was, äh… Nein."

„Wie sieht dein Plan aus? Auf deinem Hintern zu sitzen und darüber nachzudenken, wie er besser hätte reagieren können, als seine Familie entführt wurde?"

Vielleicht sollte sie doch kein Geld für die zukünftige Therapie ihrer Kinder zur Seite legen. Sie sollte es jetzt ausgeben, um ihren eigenen Verstand zu wahren, denn es war hart für sie gewesen. Sarah war stolz auf ihre Selbstständigkeit und ein solides Fundament zu Hause. Vielleicht war das eine Lüge gewesen, die sie sich selbst eingeredet hatte und sie war gar nicht so stark.

Sarah schüttelte ihren Kopf. „Mein Plan ist nach vorne zu schauen. Meine Kinder zu beschützen. Und mich nie wieder so fühlen zu müssen."

KAPITEL ZWEI

B ROCK ÖFFNETE SEINE Augen zur gleichen Szene, nur an einem anderen Tag. *Vielleicht.* Er war sich nicht sicher und es war ihm egal. Aber er wusste, dass er früher oder später essen musste. Das Zittern, das vom Alkoholentzug kam, war keine gute Entschuldigung, um die Alarmglocken in seinem Kopf zu ignorieren. Er musste essen und wenn das Essen unten blieb, gut. Wenn nicht, dann hatte er es mit dem alten College-Test versucht.

Er stützte sich auf und baumelte mit den Beinen vom Bett, sammelte seine Sinne und starrte auf die leeren Müsliriegel-Verpackungen. Der Boden war verdreckt. Auf der Kommode stand ganz verlassen ein leerer Erdnussbutterbehälter. Ein Messer, das er viel zu oft benutzt hatte, lag auf einer leeren Brotverpackung.

Scheiß drauf. Er musste essen und mit einem angewiderten Raunen rutschte er vom Bett und machte sich auf den Weg in die Küche. Mit jedem Schritt sauste sein Magen, sein Würgereflex trat in Aktion, und seine Ohren... hörten nun Geräusche. Imaginäre Stimmen? Großartig. Ein neues Tief.

Es waren Stimmen in seinem Kopf.

Seine erbärmliche, Abwärtsspirale nahm also die malerische Route. Sicherlich war dies eine kosmische Vergeltung für all die zwielichtige Arbeit, die er in der Vergangenheit geleistet hatte, so gut seine Absichten auch gewesen sein mögen.

Er nutzte die Wand, um sich abzustützen, und kniff die Augen zu, um die Lichter zu vermeiden und brachte die Stimmen zum Verstummen.

„Es wurde aber auch langsam Zeit, Süßer."

Er brauchte mehr als eine Sekunde um zu blinzeln. Er war sich nicht sicher, ob die Männer, die dort am Tisch saßen, wirklich dort waren.

„Du brauchst eine verdammte Dusche."

„Lieber Himmel, wir hätten das hier schon vor einer Woche tun sollen."

Winters, Roman und Rocco saßen um seinen Küchentisch, Burger in Händen und starrten ihn an. Der Duft von Fast Food ließ seinen Mund wässrig werden und den Magen gleichzeitig drehen.

Brock hatte jahrelang an ihrer Seite gearbeitet und er hatte sie im Stich gelassen. Ihr Leben in Gefahr gebracht. Er hatte das Schlimmste getan, was ein Anführer tun konnte und das war zu lügen und sie in die Irre zu führen.

Warum waren sie hier?

Sie waren Titan. *Er* war ein Stück Scheiße, noch nicht einmal würdig im selben Raum zu existieren.

Winters trat einen Stuhl in seine Richtung. Das laute Kratzen über den Boden hallte in seinen Ohren nach. „Setz deinen Arsch hin. Bevor du fällst und dir den Schädel brichst."

Er wollte nicht. Er wollte den Blicken und bevorstehenden Anschuldigungen entkommen, aber Winters hatte Recht. Brock schwankte nach vorne und griff nach dem Stuhl, bevor er auf den Boden fiel. Er versuchte, seine Kehle zu räuspern, aber sie war zu trocken und quälte sich nach Tagen des Trinkens und Sterbens. „Was immer du willst, bring es hinter dich."

Wenn sie hier wären, um ihn zu töten, wäre es ihm gerade recht. Warum hatten sie es dann nicht getan? Seinem verschwommenen Hirn war es egal. Er wollte einfach nur, dass sie verschwanden, weil er eine Verabredung mit etwas bernsteinfarbenem in der halb leeren Flasche, dort drüben auf der Theke hatte.

Winters haute auf den Tisch. „Brock?"

„Ja?" Brocks Augen wanderten von den Männern zur Flasche, und sein Mund wurde wässrig. Roman verschränkte die Arme und sah Rocco an. Winters ignorierte sie alle und aß den Rest seines Burgers auf.

Er würde der geboren Teamleiter sein. Schlau. Respektiert. Es würde gut zu ihm passen. Titan und Rocco haben sich gegenseitig verdient.

Loyal. Vertrauenswürdig. Unaufhaltsam. *Verdammt, ich brauche einen Drink.*

Rocco räusperte sich. „Versuchst du dich umzubringen?"

„Jap." Wieso lügen?

„Du leistest dabei einen wirklich gute Arbeit."

Sein Kopf neigte sich zur Seite und nicht, weil er sich bewegen wollte. Es war viel eher das Verlagern einer Last, die zu schwer geworden war. „Nicht wirklich."

Winters zerknüllte die Verpackung und leckte seinen Daumen ab. „Wir werden dich das nicht tun lassen, Wichser."

Absurd. Es kostete ihn viel Energie, aber Brock lachte. Es brach in einem verstümmelten, kratzigen Husten aus ihm heraus. „Ja, in Ordnung. Lasst mich nicht sterben."

Rocco schüttelte den Kopf. „Iss. Nimm eine Dusche. Das ist deine Intervention oder wie auch immer das heißt."

„Ob es dir gefällt oder nicht", Roman lehnte sich auf den Tisch, „wir sind seit Jahren ein Team, und etwas zu versauen ist kein Todesurteil."

Das war es aber doch. „Das ist es, wenn du getan hast, was ich getan habe."

„Wir alle wissen, was du getan hast." Romans intensiver Blick brannte sich in ihn hinein. „Die Scheiße wurde brutal, Brock. Du hast eine falsche Entscheidung getroffen."

„Ich habe eine Grenze überschritten."

„Kein Witz. Aber wir machen weiter", gab Roman zurück.

„Ich verdiene es nicht."

Rocco trank seine Cola aus und verlagerte dann seinen Fokus wieder auf ihn. „Nein, tust du nicht, Arschloch. Aber so wird es nun mal sein."

Warum kümmerte es sie? „Hau ab."

„Du hast eine gute Frau. Eine Familie, von der keiner von uns wusste. Und niemand hier kann sagen, dass sie nicht den Verstand verlieren würden, um sie zu retten. Auch nicht Parker oder Cash."

„Außer Jared." Brocks Kopf schwang von einer Seite zur anderen und drehte sich. „Er ist eine andere Nummer."

„Das ist wahr. Aber weißt du, wer noch einen Fan hat? Sarah- und zwar in Sugar. Und in Nicola und Mia auch. Und weil ihr Arschlöcher alle liebestoll seid und Mädchengespräche in unseren engsten Kreis bringt"- Rocco richtete sich wild gestikulierend an Winters und Brock- „haben wir Weiber die tratschen. Und sie mögen Sarah. Mann, wir sind eine Familie. Im Moment haben wir uns etwas voneinander entfremdet, aber die Wurzeln sind noch da. Also können wir nicht zulassen, dass du dich selbst umbringst."

Winters griff nach einem weiteren Burger und warf ihn nach ihm. Er landete auf dem Boden. „Brock, Kumpel. Iss. Zieh dich an. Werde nüchtern. Hol deine Frau zurück und kämpfe um dein Leben."

EINE GANZE WOCHE. So lange dauerte es, bis man nüchtern genug war, um eine Mahlzeit einzunehmen.

Eine ganze Stunde. So lange hatte Brock ein paar Häuser entfernt vom Haus seiner Schwiegermutter gesessen. Er dachte darüber nach, wie beschissen seine einstudierte Rede war und blickte dann auf die Uhr im Armaturenbrett.

Er setzte sich selbst eine Frist. Eine Minute, um sich zusammen-zureißen. Seine Schwiegermutter hatte Sarah allein im Gästehaus gelassen und die Kinder waren auch nicht zu Hause. *Sie waren in der Schule. Ein neuartiges Konzept.* Brock ging die Einfahrt hinauf, vorbei am Haupthaus, zur Rückseite des Grundstücks. Das Gästehaus ragte heraus.

Das Einzige, was er sicher wusste, war, dass sein Leben ihn auf der anderen Seite der Tür erwartete. Er drehte den Knauf, stoppte aber dann abrupt. Er ließ los, saugte einen Atemzug ein und ignorierte den Drang nach einem Drink. Hier einzudringen war nicht der richtige Zug. Klopfen war es. *Klopfen, um meine Frau zu sehen. Was für eine Scheiße.*

Er klopfte zweimal hastig und stand dann da, unsicher was er mit seinen Armen machen sollte. Er fuhr mit der Hand über seinen frisch rasierten Kiefer. Warf einen prüfenden Blick auf die Reflexion seines Haars, auf einem nahegelegenen Fenster und steckte dann seine Fäuste in die Taschen seiner Jeans, um zu verhindern, dass seine Finger tippten.

Die Tür hatte kein Guckloch und sie konnte an den vorderen Fenstern nicht sehen, wer da war. Die Winkel waren alle falsch. Er versuchte zu ignorieren, dass dieses Haus wenig Sicherheit bot, als hätten seine umfangreichen Sicherheitsmaßnahmen seine Familie vor Gefahren bewahren können.

Die Tür öffnete sich einen Spalt breit und Sarah blinzelte hinaus, ein großes braunes weit geöffnetes Auge. „Was machst du hier?"

„Hi." Sein Herz krampfte vor Schmerz zusammen. Was *machte* er hier?

„Brock?"

Er konnte ihre Stimme nicht deuten. „Ich hätte gerne eine Chance…" Wozu, um es zu erklären? Zu rechtfertigen? Zubetteln? Sein Verstand war völlig leer. „Darf ich reinkommen?"

Sie zog sich zurück. „Nein."

Er hatte es kommen sehen. Nicht aber die Muskeln, die sich in seiner Brust verkrampften und die Schmerzen in seinem Hals. „Fünf Minuten, dann bin ich weg."

„Nein." Sie schloss die Tür, drückte sie aber nicht zu.

Die Sarah, die er kannte, war quirlig und strahlend. Diese überraschende Version seiner Frau schien verhärtet zu sein. Wie jemand so einen Eindruck vermitteln konnte, während er nur ein Auge zeigte und ein paar Worte sagte, wusste er nicht. Aber er wusste, dass er nicht gehen konnte. Noch nicht.

„Drei Minuten." Wie sollten drei Minuten einen Unterschied machen, wenn er seine Gedanken nicht auf die Reihe kriegen konnte und—

„Na schön." Sie schwang die Tür weit auf.

Seine Gedanken glitten wieder davon. Es war schon Wochen her, dass er sie gesehen hatte. Titan-Missionen dauerten auch lange, aber heute war es anders und war sie nicht das Schönste, was er je gesehen hatte. Ihre zierliche Statur, die immer unter seinen Arm gepasst hatte, ihre perfekten Sommersprossen, die er im Dunkeln nachzeichnen konnte. Ihr rotbraunes Haar, wie es über ihre Schultern fiel. Und wie vertraut es immer roch, nach Sonne und Sommer.

„Drei Minuten. Dann heißt es auf Wiedersehen." Nichts an ihrem Ton klang nach Sonnenschein oder Sommer.

Er nickte, brachte kein Wort heraus.

Sie hob eine Augenbraue. „Wenn du reinkommen willst, komm rein, Brock. Ansonsten- "

„Nein, ich bin hier. Ich komme." Er trat durch die Schwelle in ein kleines Wohnzimmer, das ihn sehr an seine Schwiegermutter erinnerte. Spitzendeckchen und tadellose Möbel. Ein paar Kartons waren zerlegt und standen an eine Wand gelehnt. Die Kinder hatten Spielzeug auf dem Boden verstreut und er würde dafür töten, wieder Barbies zu haben, über die er mitten in der Nacht stolpern konnte. Das Wohnzimmer öffnete sich in eine Küche und er folgte Sarah zum Tisch. Dort war eine Zeitung ausgelegt. Markierungen und Kreise schmückten das, was wie die Kleinanzeigen aussahen. Eine bleierne Schwere legte sich auf seine Brust. *Sie entgleitet mir immer mehr.*

Er versuchte, unauffällig ihre Notizen zu lesen. „Was machst du hier?"

„Was machst du hier?", konterte sie, setzte sich hin und schnappte sich ihren Stift.

Die sarkastische Sarah. Auch das hatte er nicht erwartet. „Ich wollte nicht…" Gott. Konnte er in ihrer Anwesenheit wirklich keine zusammen-hängenden Gedanken formen?

Sie studierte ihn, dann neigte sie ihren Kopf zur Seite und drehte langsam den Stift. „Ich suche mir einen Job."

„Einen Job?"

„Du weißt schon, was die Leute tun, um Geld zu verdienen? Nicht jeder tötet und misshandelt, um Essen auf den Tisch zu bringen."

Er hatte es verdient. Die Zeit tickte und er hatte keine Antwort. „Ich habe dich wie verrückt vermisst, mein Engel."

Engel war einfach so aus ihm herausgekommen. Es klang ganz natürlich, viel eher als ihren Namen zu sagen, aber vielleicht nicht angemessen. Ein Jammer. Sie war immer sein Engel gewesen. Daran hatte sich für ihn nichts geändert.

Ihre Unterlippe zitterte, bis sie zu einer dünnen Linie wurde. Sarah drehte den Stift wieder und studierte das Papier. „Hier ist eine Stelle für eine Vorschullehrerin." Ihre Stimme gab nach. „Dafür wäre ich perfekt."

Er trat einen Schritt näher und seine Arme schmerzten vor Sehnsucht danach, seine Frau zu halten. „Ja, das wärst du."

„Woher willst du das wissen, Brock?" Ihr Kinn ragte nach oben, ihre Augen voller Tränen und Schmerzen. „Wir kennen uns nicht."

„Das meinst du nicht ernst." Er zog den Stuhl neben ihr heraus. So nah, aber er würde sie nicht anfassen. Das sollte er nicht. Egal, wie sehr er sich nach ihr sehnte. „Ich muss dir die Dinge erklären. Ehrlich sein anstatt...vage zu sein."

"Vage? Ich hatte kein Problem mit vage."

„Ich wusste nicht, was ich tun sollte. Ich habe es vermasselt. Sehr sogar. Aber es war, als würde meine Welt schwarz werden, als ihr alle entführt wurdet. Ich konnte nicht denken. Nichts war logisch. Es ging nur noch darum, zu überleben und zu reagieren."

„Ich wusste nie, wie nah unsere Familie der Gefahr war. Brock, du hast fast eine andere Frau *umgebracht*. Das ist keine Welt, in der ich unsere Kinder großziehen will."

Sie sorgte sich um Sugar? Er wollte Sarah schütteln. Na und? Gott, er liebte Sugar. Aber er liebte seine Familie. Seine Frau. Es gab nichts, was er nicht opfern würde, damit sie in Sicherheit sein konnten. „Sugar ist nicht dein Problem. Und ich weiß, aus tiefstem Herzen, es wäre dir egal, was ich täte, wenn es Jess und Kelly schützen würde. Lass es uns auf das Wesentliche reduzieren. Schlimme Dinge passierten, und ich war die Ursache."

Sie schaute weg und Tränen strömten über ihre Wangen. „Ich kann nicht darüber reden. Ich kann nicht einmal atmen, wenn ich daran denke."

Er hatte diesen Drang sie wegzuwischen. Ihren Schmerz aufzulösen. Aber er kannte die Regeln im Moment nicht. Konnte es nicht riskieren, sie zu verängstigen. „Ich nehme die Schuld für all das auf mich. Die Dinge hätten anders sein sollen, bevor du entführt wurdest." Die Schuld explodierte in seinem Bauch. Er fädelte seine Finger in sein Haar ein.

„Ich hätte alles getan, um euch Mädchen sicher nach Hause zu bringen. Du kannst es nicht sehen und ich kann es nicht erklären. Also weißt du, dass ich das getan habe, was ich für das Beste hielt, während ich durchgedreht bin." Sie schniefte und wischte die Tränen weg. Ich bin mir nicht sicher, was ich denken soll."

Die Minuten verstrichen und er hatte nichts gesagt, was einen Dreck wert wäre. „Ich will meine Frau zurück. Ich werde den Rest meines Lebens damit verbringen, dass du dich wieder sicher fühlst." Es klang gehetzt. Nicht eloquent, aber da war sie. Die Wahrheit.

Ihre Augen verankerten sich in seinen, ihr Blick streichelte ihn bis tief in seine Seele. Er würde alles tun, um sie jetzt zu küssen. Das war es, was er immer für sie empfunden hatte. Besonders, wenn er von der Arbeit zurückkam. Er brauchte ihre Berührung. Ihren Kuss. Um die Wunden, die sie nicht sehen konnte, zu lindern.

Sie schloss ihre Augen, schürzte ihre Lippen und konzentrierte sich wieder auf ihn. „Drei Minuten sind um. Ich denke, du solltest gehen."

Sein Herz versank tief in den trüben Gewässern der Verlassenheit. „Engel-"

„Ich kann das nicht tun. Ich kann das Leben der Mädchen nicht noch einmal riskieren."

„Ich kann es besser machen. Sicherer. Nimm mir nicht meine Mädchen weg." Seine Stimme brach. Die Zeit war um, er brauchte eine letzte Bitte. „Geh nicht weg. Gib uns nicht auf."

Sie schüttelte den Kopf und er versuchte, sich an alles zu erinnern, was Mia Winters ihr gesagt hatte, als sie kurz nach dem Weggang ihres Mannes aufgetaucht war und ihre Therapeutenkarte ausgespielt. Dass Sarah sich wahrscheinlich als Opfer fühlte. Dass sie ihre eigenen Gefühle noch nicht verstanden hatte, dass sie Schuldgefühle haben musste und ein Ventil brauchte. Dass das Abschotten und sich Verbarrikadieren Selbstschutz-mechanismen waren.

Gott sei Dank war die Frau seines Freundes Psychologin mit einem schweren Fall von Senf-dazu-Geberitis, denn Brock hatte nicht über seine eigenen Gefühle nachgedacht. Er hatte sich damit begnügt, sich im Elend zu suhlen und zu trinken.

„Ich liebe dich. Und ich liebe unsere Mädchen." Gegen alle Ratschläge von Mia zog er einen Umschlag aus seiner Gesäßtasche und schob ihn auf die Zeitung. „Wenn es für die Mädchen in Ordnung ist, für eine Weile bei deiner Mutter zu bleiben, kannst du mir vielleicht noch eine Chance geben und dich darauf konzentrieren, unsere Familie wieder aufzubauen. Uns wieder aufzubauen."

Sarah rieb die Ecke des Umschlags. „Was meinst du damit? Was ist hier drin?"

„Flugtickets."

„Flugtickets?" Sie zog ihre Hand zurück, als hätte der Umschlag sie gebissen. „Warum? Wohin?"

„Eine Privatinsel in der Karibik." Er schloss ihre Hand fest in seinen Handflächen ein. Ihr Arm versteifte sich, aber sie zog sie nicht zurück. „Wir können uns, du weißt schon, auf dich und mich konzentrieren. Wir werden alles in einer neutralen Umgebung klären. Uns wieder miteinander verbinden." Neutral, verbinden. Zwei Schlagworte, die Mia immer wieder benutzt hatte.

„Ich will mich nicht verbinden."

Das war die beste Idee, die er hatte. Seine alles-oder-nichts Strategie, und es hatte viel Hilfe von Mia erfordert. Es mag einfachere Wege geben, ihr Leben anders als mit dem Jet-Setup auf einen tropischen Ausflug wieder aufzubauen, aber das war diejenige, die am besten in seinem Kopf funktionierte. Mia sagte, die Idee sei zu groß, und vielleicht hätte er zuhören sollen. Vielleicht sollte er auf jeden hören, außer auf sich selbst, wenn es um seine Familie ging, denn seine Entscheidungen funktionierten nicht.

Brock drückte ihre Hand und war nicht bereit, loszulassen und aufzugeben. „Ich habe mit, ähm, jemandem gesprochen. Einer Therapeutin. Mia Winters. Sie arbeitet manchmal mit Titan zusammen und sagte, diese Idee sei zu viel. Zu mutig und aggressiv. Aber warum soll ich mich zurückhalten? Ich habe nichts mehr zu verlieren."

Sarahs Unterlippe klappte nach unten. „Eine Therapeutin?"

„Sie sagte auch, dass es Dinge gibt, die wir tun können. Darüber sprechen. Darüber nachdenken. Um diese Scheiße zu klären." Warum fühlte er sich bei jedem Gespräch mit jemandem wie eine Memme? So ein unangenehmes Gespräch mit Mia und jetzt mit Sarah. Aber scheiß drauf, koste es, was es wolle. Er brachte ihre Fingerknöchel an sein Kinn, wagte es jedoch nicht, sie zu küssen, aber sehnte sich nach ihrer Berührung.

„Ich weiß nicht…"

Es war *das* unangenehmste Gespräch, vielleicht aller Zeiten. Aber wenn es gesagt werden musste, dann gut. Er würde es sagen. „Wir könnten zu einem Berater gehen oder wie auch immer sie genannt werden. Das einmal pro Woche für ein paar Monate machen. Oder wir könnten abhauen, nur wir beide, egal wie lange es dauert. Ich werde deine Fragen beantworten. Wir werden Dinge ändern, damit es für uns funktioniert. Aus uns wieder uns machen. Besser als je zuvor."

„Aber…"

Sie hat nicht nein gesagt. Das war eine gute Sache. Sie hatte ihn nicht daran erinnert, dass er die Drei-Minuten-Marke längst überschritten hatte. „Es wäre so etwas wie unsere zweiten Flitterwochen", drängte er.

Sie zog ihre Hand aus seiner.

Er hatte das Falsche gesagt. In den Flitterwochen ging es nur darum, zu flirten und zu vögeln und – naja, das käme ihm auch gelegen. „Engel."

„Zeit zu gehen." Sie stand auf und fiel dabei fast über ihren Stuhl.

Noch sitzend, blickte er auf den Boden, ließ seine Unterarme auf die Knie fallen und beugte sich nach vorne. So nah und sie wich wieder aus. Er rieb eine Hand über sein Gesicht und hob dann seinen Kopf, um seinen Blick auf sie zu richten. Es war ein Schlag in die Magengrube, aber sie war immer noch seine Frau, und es war nichts falsch daran, sich nach ihr zu verlangen, wie er es schon immer getan hatte. Makellose Brüste. Makellose Hüften. Schmollende, weiche Lippen, die küssen und saugen konnten. Nein, nichts an dem Wort Flitterwochen klang abschreckend für ihn.

Brock wand sich aus dem Stuhl. Er verschränkte seine Arme und studierte sie. Erweiterte Pupillen. Kürzere Atemzüge. Ihr scharfer Blick fiel auf die Tattoos auf seinem Arm und wanderte dann über seine Brust. Er ist vielleicht nicht mehr Titan, aber er hatte immer noch die Fähigkeit, die Mikro-Emotionen eines Opfers zu entschlüsseln.

Sarah reagierte nicht wie ein Opfer. Nicht jetzt. Sie reagierte *erregt*. Vielleicht schockiert über ihre Gefühle, wütend, dass ihre Reaktionen ihre Haltung verrieten. Aber die *Flitterwochen* machten ihr keine Angst vor ihm, nur ihr Gespräch.

„Verdammt, ich habe dich vermisst." Die Worte rumpelten aus seiner Brust.

Sie trat einen Schritt zurück, ihre Brustwarzen zeichneten sich unter dem Stoff ihres Shirts ab. „Das hast du bereits gesagt."

Sie mit einer Erektion anzuspringen, wäre sicher so ziemlich das schlechteste Szenario. Gute Idee oder nicht, er machte einen Schritt nach vorne. Und noch einen. Bis Sarah mit dem Rücken zur Wand stand und sie nur noch wenige Zentimeter trennten. „Wenn du denkst, dass das Zusammenpacken und Ausziehen etwas daran ändert, dass ich dich begehre, dann bist du verrückt. Denn verdammt, Engel, es wäre eine Lüge. Nimm das Ticket. Überlege es dir und steig in das Flugzeug."

Er streichelte das Haar von ihrer Wange, steckte es hinter ihr Ohr und küsste ihre Wange. Er verweilte, ließ seine Hüften das Feuer spüren und atmete Sommer und Sonnenschein. Ein schöner, langer Atemzug. Nur für den Fall, dass sie nicht auftauchte und er etwas brauchte, woran er sich erinnern konnte.

Brock trat zurück. Ihre Augen waren geschlossen. Ihr Kinn sank nach unten. Seine Augen wanderten über ihren Körper und merkten sich jede Wölbung, jede Kurve. Es waren ihre Hände, die bei ihm bleiben würden. Handflächen flach gegen die Wand. Die Finger ausgestreckt und gekrümmt. Er drehte sich um, nahm ein einzelnes Ticket aus dem Umschlag und ließ sie mit ihren Gedanken allein.

KAPITEL DREI

ÜBERRASCHT VOM TSUNAMI des Prickelns auf ihrer Haut, das über ihren Hals strömte, klammerte sich Sarah an die Wand, lange nachdem sich Brocks schwere Schritte aus der Haustür zurückgezogen hatten. Ihre Augen blieben geschlossen, aber sahen ihn immer noch. Spürten ihn. Sehnten sich nach ihm.

Sie rutschte an der Wand hinunter und landete in einem Chaos der Erregung. Er war schon immer ihr Superheld gewesen. Sie war schon immer sein Engel gewesen. Warum musste er das auch noch auspacken, wenn seine Anwesenheit alleine sie schon so verletzlich machte?

Der Brock, den sie geheiratet hatte, lief nicht weg und sprach mit Therapeuten. Er hatte alle Antworten. Er hatte alle Lösungen gekannt... nun, bis er es nicht mehr tat. In den Jahren ihrer Ehe hatte es sicher auch Streitereien gegeben. Aber er hatte sich noch nie völlig geirrt. Selbst wenn sie es ihm vorgeworfen hatte. Bis sie und die Kinder entführt wurden.

Sarah schob eine Hand über ihren offenen Mund. Trotz all seiner Muskeln, seiner kriegerischen Härte, hatte er sich verletzlich gezeigt und um Hilfe gebeten. Eine *Therapeutin*? Das war so gar nicht seine Art. Aber das war nicht der Grund, warum sie sich an die Wand schmiegte und auf ihrem Boden verharrte, fast hyperventilierend. Seine rauchigen, dunklen Augen trösteten sie, auch wenn seine Arme es nicht taten. Sie hatten ihr den Verstand geraubt. Sie konnte nicht anders, als dem Verlauf seiner drahtigen Muskeln mit den Augen zu folgen. Die Farben, die auf seinen Arm tätowiert waren, von denen sie wusste, dass sie sich bis auf seinen Rücken ausbreiteten.

Er war felsenstark. Breit wie ihr Haus. Definiert groß, dunkel und tödlich. Er hatte den Boden angebetet, auf dem sie ging. Sie wusste das und ihn zu sehen, war eine lebhafte Erinnerung. Ihr Verstand war getrübt und verwirrt. Jedes Mal, wenn sie an die Sicherheit der Kinder dachte, geriet sie in Panik. Als sie an ihn dachte, fühlte sie sich verraten. Aber als sie ihn sah, durchbrach Brock den mentalen Schutzwall den sie errichtet hatte.

Ihr Telefon klingelte von oben auf dem Tisch, da sie aber wie ein Häufchen Elend auf dem Boden saß, beschloss sie, die Mailbox antworten zu lassen.

Die Kinder!

Panik stieg in ihr auf, als ihr Puls unregelmäßig schlug. Sie sprang auf die Beine. Eine irrationale, unangemessene Sorge um ihre Sicherheit durchflutete ihre Gedanken. Sie schnappte sich das Telefon vom Tisch und las Nicolas Namen auf dem Display. Eine weitere Titan-Frau, die sie bis vor kurzem nicht kannte. Sarah war in ihrer kleinen Welt eingehüllt worden, während andere Titanen-Männer in der Öffentlichkeit geliebt und gelebt hatten. Warum hatte sich Brock so davor gefürchtet, sie zu teilen?

Sie holte Atem und rügte sich gedanklich, weil sie das Schlimmste über Kelly und Jessica dachte. Sie war nach Pennsylvania gekommen, um von ihrer Paranoia wegzukommen. Als ob die Entfernung irgendwie helfen würde. Was sie aber nicht tat.

Das Telefon klingelte weiter, immer noch Nicola. Sie ging schließlich ran. „Hey, du!"

„Sarah. Verdammt, es dauert ewig, bis du rangehst. Wir…"

„Wir?", fragte sie und schob sich in den Stuhl, den Brock gerade benutzt hatte.

„Sugar ist auch hier."

„Hey", sagte Sugar. „Wir sind in Nics Auto. Freisprecheinrichtung."

Sarah hatte Nicola bisher nur kurz getroffen, mochte sie aber. „Hey, Süße." Da sie sie am Telefon hatte und die Frage frisch in ihrem Kopf war, nutzte Sarah den Anruf zu ihrem Vorteil. „Wer ist Mia Winters?"

„Gut." Sugar lachte. „Brock war also schon da."

„Du hast davon gewusst?" Sie starrte auf den Boden. „Eine kleine Vorwarnung wäre nett gewesen."

„Nein, wir haben es gerade erfahren", antwortete Nicola. „Sugar hat Jared damit genervt, der wiederum mit Mia gesprochen hatte. Die beiden sind Quasselstrippen, das sage ich dir. Wie auch immer, du hast also mit Brock gesprochen?"

Geredet? Nicht wirklich. Eher gestarrt. So viele Jahre der Ehe und der Mann war noch genauso heiß wie damals, als sie ihn zum ersten Mal gesehen hatte. Wahrscheinlich sogar heißer. Er war erwachsen geworden. Hatte seinen Körper nach der Zeit im Militär durch Titan in Stahl verwandelt. „Ja. Nun, irgendwie schon. Warte, erzähl mir von Mia."

„Mia hat gerade ein Baby bekommen. Winters ist ihr Mann. Es nennt ihn zwar niemand so, aber Colby ist sein Vorname. Sie ist eine Therapeutin im Militär. Er kümmert sich um all die Typen aus Spezialeinheiten, die nicht über ihre Albträume und Paranoia sprechen können, und hilft ihnen mit dem Übergang in den Alltag.", warf Sugar ein.

Albträume und Paranoia? Das klang wie sie. „Sie hat mit Brock gesprochen."

„Sie spricht mit ihnen allen", sagte Nicola. „Lässig, aber eisern wie ein Nagel. Wenn das Sinn macht."

„Ich schätze schon." Andererseits wirkten all diese Titan-Damen entspannt und unerschütterlich. So wie sie sich selbst eingeschätzt hatte, bis eine Entführung ihr das Gegenteil bewies.

„Und?", fragten Sugar und Nicola gleichzeitig.

„Und, was?"

„Stell dich nicht dumm. Was hat dein Superheld gesagt?"

Sarahs Wangen begannen zu glühen. Sie hatte Sugar gesagt, dass Brock ihr Superheld war, bevor die Wahrheit ans Licht kam. „Er ist nicht mein— ach vergiss es. Er hat mit Mia gesprochen."

„Ja, das haben wir kapiert, Schatz. Mach weiter."

Sugar war die Rechthaberische in der Gruppe, das war sicher. „Sie haben darüber gesprochen, wie wir das hinbekommen könnten, ach ich weiß nicht. Es laut auszusprechen, fühlt sich so dumm an. Wie wir die Dinge wieder zum Laufen bringen können. Denke ich. Er ist nicht ins Detail gegangen."

„Er ist nach Pennsylvania gefahren und ist nicht ins Detail

gegangen?" höhnte Nicola. „Typisch Mann."

„Er hat mir ein Flugticket gegeben."

Stille.

Für eine Sekunde, die Sugar sprengte. Was für eine Überraschung. „Wohin soll es gehen?"

„Ich, ähm, habe nicht wirklich geschaut. Es ist in einem Umschlag."

„Meine Güte, Sarah. Sieh nach. Wir werden warten."

Sie lachte. Ja, Sugar war definitiv die Rechthaberische. „Okay."

Warum machte es sie so nervös, den Umschlag zu öffnen? Vielleicht, weil sie es in Betracht zog. Die Kinder wären gut aufgehoben bei ihrer Mutter. Sie hatten schon viele Ferien mit ihrer Oma verbracht, ohne sie oder Brock. Vielleicht, weil sie nicht wusste, was sie davon hielt, verheiratet zu bleiben, aber als er vor ihr stand, konnte sie nur an die Vorteile ihrer Ehe denken.

Sie öffnete den Umschlag und zog das Ticket heraus. In zwei Tagen. In der ersten Klasse fliegen. „Saint Lucia."

Nicola quiekte. „Oh, ich liebe es dort!"

Sugar grummelte. „Ich war dort noch nie."

Lachend fügte Nicola hinzu: „Nun, ich habe dort noch nie Urlaub gemacht. Aber ich hatte einige Ausfallzeiten, während meiner Spionagespielchen. Ich konnte ein paar Tiki-Bars besuchen. Alles Teil meiner Tarnung. Ihr würdet nicht glauben, wie sehr internationale Terroristen ihre Inselaufenthalte lieben. Aber ich habe mich nicht beschwert."

Sarah nagte an ihrer Lippe. „Ich war dort auch noch nie." Was würde sie mitbringen? Einen Badeanzug oder ein Keuschheitsgürtel? Es würde schwer werden, sich auf das Wiederaufbauen ihrer Ehe zu konzentrieren, wenn alles woran sie denken konnte, sein—Moment. Zog sie es nun wirklich in Betracht? Hatte es tatsächlich gereicht ihn zu sehen, um den Gedanken verheiratet zu bleiben, aufzutauen? Denn sie hatte immer noch die gleichen Bedenken. *Große* Bedenken. Sie wusste nicht, wer er wirklich war. Sie musste ihre Kinder vor dem Lebensstil schützen, den er führte.

„Dann wäre das also geklärt." Sugar seufzte. „Du und Brock rehabilitiert eure Ehe im tropischen Land des Luxus. Wenn ich der romantische Typ wäre, würde ich das süß finden."

War es denn geklärt? Sie war sich nicht sicher, ob überhaupt etwas geklärt war. „Ich weiß nicht…"

„Wenn Cash und ich jemals einen großen Krach haben, sag ihm bitte, er soll mich auf eine Insel bringen."

Großer Krach? Das hier war mehr als das. Sie hatte die Entscheidung getroffen, sich von ihrem Mann zu trennen. *Aber* sie war, zumindest um dieses Telefonats willen, bereit, ihm eine zweite Chance zu geben. „Ich muss darüber nachdenken."

Sugar machte ein summendes Geräusch. „Liebst du den Mann, Sarah?"

Oh nein. Jetzt bohrten die Damen tief. Sie konnte sie nicht ignorieren. Sie tauchten einfach vor ihrer Tür auf wie Brock. „Ja. Das habe ich. Ich meine, ich weiß nicht wirklich, wer er ist." „Schon wieder dieser Mist. Siehst du, Nic, ich habe es dir gesagt."

„Sarah." Nicolas Ton war todernst. „Man kann wütend auf jemanden sein und ihn trotzdem lieben. Du kannst jemanden hassen und trotzdem lieben. Vergiss, was er getan hat. Was du denkst, was er getan hat. Vergiss alles und denk an den Kerl. Willst du ihm eine Chance geben?"

„Ja." Sie nickte. Im Handumdrehen kamen ihr die Tränen und flossen auf das Flugticket. Sie war ein japsendes, weinendes Elend. Überhaupt nicht ihre Art und absolut lächerlich.

„War er ein guter Ehemann?"

„Das war er bis…"

„Na also" unterbrach Sugar.

„Vergiss seine Mittel und Wege", fuhr Nicola fort. „Definiere in deinem Kopf, was einen guten Ehemann ausmacht und schau, ob er es versucht hat."

Er sorgte für sie, wie er es versprochen hatte. Er liebte sie, liebte die Kinder, ohne Vorbehalte. Er würde sie nie betrügen. Er würde nicht einmal eine andere Frau ansehen. Er würde töten, um seine Familie zu beschützen.

Sie ließ das Ticket auf den Tisch fallen. Es war eine Redensart. Ein alltägliches Sprichwort. *Ich würde für eine Schüssel Eiscreme töten. Ich würde töten, um meine Familie zu beschützen.* Aber Brock würde es wirklich tun.

Und würde sie es irgendwie anders wollen?

Die Antwort darauf war nein. Sie wusste es tief in ihrem Herzen. Also, was sollte ihr Zögern, wovor lief sie davon?

„Ich muss los, meine Damen", flüsterte sie. Alles schien klarer und doch verwirrender als vor diesem Anruf. „Moment, schreib mir Mias Telefonnummer. Ich will auch mit ihr reden."

„Mach' ich!" Sarah konnte das Lächeln in Nicolas Stimme hören.

„Schick' uns eine Postkarte," warf Sugar ein, bevor die Verbindung unterbrochen wurde.

KAPITEL VIER

Z WEI TAGE. DAS war für Sarah nicht genug Zeit gewesen. Ihre Kinder
waren weiterhin begeistert von ihrer neuen Schule und den Freunden,
die sie in der Nachbarschaft gewonnen hatten. Ihre Mutter hatte nicht viel
dazu gesagt, als sie ihr erklärte, dass sie nach Saint Lucia fahren würde.
Aber der Blick, den sie Sarah zuwarf, versetzte sie unmittelbar in ihre
Teenagerzeit zurück. Ihre Mutter liebte Brock. Sie hatte keine Ahnung,
warum sie ihn verlassen hatte und stand auf seiner Seite, ohne es mit
Worten zu sagen. Nur dieser Blick. *Nervig.*

Sarah hatte auch zwei sehr lange Telefonate mit Mia geführt.
Nachdem sie mehrmals wiederholt hatte, dass die Paarberatung nicht ihre
Spezialität war, hatte Mia über Sarahs Entführungserfahrung und die
mentalen Auswirkungen gesprochen, die mit dieser Art von Trauma
einhergingen.

Trauma schien nicht das richtige Wort zu sein. *Zunächst.* Sie hatte
über Traumata in Form von Notaufnahmen nachgedacht. Viel Blut,
Autounfälle oder Schießereien in der Schule. Gravierende Ereignisse dieser
Art. Aber je mehr Mia sprach, desto besser konnte Sarah verstehen, dass
das Trauma körperlich oder emotional sein kann. Es gab Menschen, die
aus der sicheren Umgebung ihres Wohnzimmers, beobachteten wie die
Twin-Towers in sich zusammenstürzen und noch viele Jahre später,
psychische und physische Reaktionen hatten, wenn sie tiefffliegende
Flugzeuge sahen. Mia nannte es eine posttraumatische Belastungsstörung.
PTBS.

Mia war sich auch nicht sicher, ob das Fliegen nach Saint Lucia die
beste Antwort für Sarah und Brock war, um ihre Probleme zu lösen,
besonders wenn es ein traumatisches Stressproblem gab.

Sie hatte über alles nachgedacht, was Mia gesagt hatte, dann verbrachte sie eine ungesunde Menge Zeit im Internet, bevor sie zu der unwissenschaftlichen Feststellung kam, dass Mia Recht hatte. Sie litt an PTBS und musste sich damit auseinandersetzen.

Je mehr Sarah ihr Leben vor der Entführung analysierte, desto klarer ihre Erkenntnis/ Eingeständnis... *Ich habe nicht gelebt. Ich habe mich nur der Strömung gefügt.*

An manchen Tagen war ihr Mann zu Hause. An manchen Tagen war er es nicht. Manchmal wollte sie mehr und an anderen Tagen war die Gelassenheit dieses Lebens genug.

„Letzter Aufruf für den Flug..." Der Lautsprecher an der Decke kündigte ihren Flug zum dritten Mal an, seit sie zur Toilette in der Nähe des Gates gegangen war, sich am Waschbeckenrand festhielt und versuchte, ihr Frühstück nicht hochzuwürgen.

„Du schaffst das." Sie starrte in den Spiegel und ignorierte die Leute, die sie ansahen, als sie sich die Hände wuschen. „Steig in das Flugzeug!"

Sie rannte aus der Tür, durch die Menge Reisender zu ihrem Gate. Ihre Handtasche baumelte unter ihrem Arm, der gesamte Inhalt drohte zu verschütten.

„Warten Sie!"

Vor dem Schließen der Tür drehte sich eine Flugbegleiterin genervt um. „Sie hätten den Flug beinahe verpasst. Ticket?"

Ihre Hände zitterten, als sie das Ticket heraus zog. „Hier."

Ein schneller Scan des Tickets und ein falsches Lächeln, dann gab die Flugbegleiterin ihr das Ticket zurück. „Einen schönen Flug."

BROCK SCHAUTE AUS dem Fenster. Das Gepäck war eingeladen worden. Die Crew hatte ihre Kontrollen vor dem Flug beendet. Es war schon eine Weile her, dass er mit einem nicht gecharterten Flug geflogen war, aber der Ablauf war doch immer der gleiche. Ihm wurde ein Kissen, ein Drink, dann eine *Erfrischung* angeboten, weil er anscheinend so aussah, als hätte er es nötig.

Er saß in der ersten Reihe der ersten Klasse und sah jede Person, die in das Flugzeug einstieg. Seine Frau war nicht dabei gewesen. Er sank auf den Sitz und konnte nicht glauben, dass er allein ins Paradies flog. Nun musste er überlegen, ob er sich wieder in die Besinnungslosigkeit trinken sollte, diesmal ohne jemanden von Titan, der ihn in den Arsch treten würde oder er zurückfliegen und noch einmal versuchen sollte, Sarah umzustimmen? Er schloss seine Augen und konnte ihr sanftes Lächeln vor sich sehen, ihr vertrautes Wesen fast spüren. Ein besitzergreifendes Raunen aus seinem tiefsten Inneren, drohte ihm zu entkommen. Es war eine einfache Entscheidung. Er würde zurückfliegen und es erneut versuchen.

„Hi." Ihre sanfte Stimme zog ihn in die Gegenwart zurück. „Tut mir leid, dass ich so spät dran bin."

Engel. Dieser in seinem Inneren pochende Druck schmolz einfach davon. Sie würde ihm noch eine Chance geben, Gott sei Dank.

„Hey." Er sprang auf, um ihr zu ihrem Platz zu helfen und war sich nicht sicher, wie er sich verhalten sollte. Sie umarmen? Einfach lächeln? Etwas unangenehmer Smalltalk?

Sarah drückte sich an ihm vorbei, machte sich klein in dem engen Raum und hielt ihre Handtasche an ihre Brust. Sie ließ sich in den Sitz fallen und schnallte sich an. „Ich bin fast nicht mehr an Board gekommen."

„Schön, dass du es geschafft hast." Das war die Untertreibung des Tages.

„Ich habe mit Mia gesprochen."

Alles klar, kein Smalltalk also. Sarah kam gleich auf den Punkt und er konnte es auch. „Okay."

„Ich denke…" Sie lehnte sich hinüber und verstaute ihre Tasche unter dem Sitz, setzte sich auf und erwiderte seinen Blick. Sie straffte ihre winzigen Schultern und hob ihr Kinn an. „Ich habe ein paar traumatische Stressprobleme zu lösen."

Das hier war eine große Offenbarung. Er sah es oft bei den Opfern, die Titan gerettet hatte, aber er blieb nie für die Nachbeben in der Nähe. War nie Teil des Prozesses, nachdem Titan die Mission für erfüllt erklärt hatte. Was hatte er zu dieser Erleuchtung zu sagen? Egal was es war, er wollte sicher nicht noch einmal eine Reaktion, wie die, als er das Wort

Flitterwochen hatte fallen lassen.

Sie schien seinen begrenzten Wortschatz nicht zu bemerken. „Aber es gibt mehr als nur traumatische Auswirkungen, die es zu überwinden gilt. Wenn wir unserer Beziehung noch eine Chance geben wollen, dann will ich auch an *anderen* Dingen arbeiten."

Andere Dinge? Was zum Beispiel? Sie spielte mit ihrer Unterlippe. Es war ein allzu bekanntes Zögern. Es würde noch mehr kommen. Er war sich nicht ganz sicher, ob er es hören wollte. Im Ernst, es gab noch andere Dinge, an denen man arbeiten sollte? Das war eine Überraschung für ihn und ein Angriff auf sein Ego.

„Ich war glücklich, Brock. Aber ich war selbstgefällig glücklich. Heißer Ehemann. Ruhiges Leben. Keine Sorgen. Aber jetzt will ich mehr."

Er musste seine Gedanken erst einmal ordnen nah diesem harschen Erwachen in seiner neuen Realität, vollkommen schockiert und defensiv. Sie war nicht glücklich? Was um alles in der Welt war *selbstgefällig* glücklich? Die Flugbegleiterin, die ihm eine Limo und dann einen Bourbon angeboten hatte, werkelte in der Nähe, und er war sich sicher, dass sie zuhörte. Dies war ein sehr privates Gespräch und es sollte an einem sehr öffentlichen Ort stattfinden. Die anderen Passagiere fühlten sich zu nah an. Neugierige Augen und Ohren die geradezu auf sein Versagen warteten, nicht nur als Beschützer, sondern auch als *Ehemann*.

Wenn Sarah warten könnte, bis sie das Hintergrundrauschen des Fliegens um sich hatten, wäre ihm das deutlich lieber gewesen. Seine Finger wollten nervös tippen, aber sein ranghöheres Gehirn gab den Befehl, die Klappe zu halten und zuhören. Wenn Sarah ihm eine Chance geben würde, warum das Risiko eingehen, sie wieder zu verlieren? „Mehr. Okay. Du willst mehr."

Ihre Teilnahme bedeutete, dass sie auch Interesse daran hatte, die Familie wieder nach Hause zu bringen. Damit er sich zusammenreißen und *mehr* tun konnte. Er musste wissen, was *mehr* war, aber er konnte es schaffen. Es gab nicht allzu viele Dinge im Leben, die er nicht konnte. Eine kleine Anleitung wäre notwendig. *Mehr* war so vage. So unerwartet.

Sein Kragen fühlte sich zu eng an, als er einen Klumpen Unsicherheit hinunterschluckte. „Ich bin dabei. Aber…"

„Aber was?" Ihre braunen Augen verengten sich.

„Ich kann besser denken, wenn du mir Details gibst. Strategische Ziele. Taktische Manöver"

Ein winziges, erleichtertes Lächeln bog ihre Lippenwinkel nach oben. „Du brauchst einen Schlachtplan?"

Jetzt sprach sie seine Sprache. „Eigentlich hatte ich einen Schlachtplan, mein Engel. Aber dieses *Mehr* hat mich etwas aus der Bahn geworfen."

„Du zeigst mir deinen, ich zeige dir meinen."

"Brock?" Jede schmutzige Fantasie, die er jemals über seine Frau hatte, stieg in ihm auf, intensiv, detailliert. Ihm ihr bestes Stück zu zeigen, war nicht das, was Sarah meinte, aber sie war nie zu schüchtern gewesen, sich das was sie wollte, zu holen. *Stimmt's?* Nach zwei Kindern und mehr als zehn Jahren zusammen hatten sie kein Problem im Schlafzimmer. Dennoch hielt es seine Vorstellungskraft nicht in Schach.

„Brock?"

Das Gespräch ging noch *weiter*. „Ja?"

„Du hast mich in dieses Flugzeug gebracht, was jetzt?"

Seinen Schlachtplan mit dem Feind zu teilen, war ein Ding der Unmöglichkeit. Aber sie war nicht der Feind. Sarah war das Ziel. Sie und die Mädchen nach Hause zu bringen, war sein Ziel. Alle Details, die in seinen Plan einflossen, waren kritisch für den Erfolg seiner Mission. Er bräuchte ein wenig Vergebung und Verständnis für seine Erklärungen. Er glaubte auch, dass sie ihre Ehe aufgegeben hatte, weil sie traumatisiert war und nicht klar denkend reagierte. Heilung war, was sie brauchte. Wie offen sollte er mit seinen taktischen Manövern umgehen?

Die Entscheidung war getroffen: Sag ihr was dein Ziel ist. „Ich will nicht nach Hause gehen, bis ich weiß, dass wir wirklich nach Hause gehen. Zusammen."

Der Captain kündigte über den Lautsprecher an, dass sie als Nächstes an der Reihe waren zu starten. Brock war nicht an die Wartezeiten und Verspätungen von kommerziellen Flügen gewöhnt. Wenn Titan irgendwo hinwollte, gingen sie hin. Wenn er irgendwo hingehen wollte, würde er sie fliegen. Seine Hände juckten nach der Kontrolle des Cockpits. Dort wurde alles gemessen und angezeigt. Jede Berechnung wissenschaftlich, eine bekannte Reaktion auf jede Veränderung.

Sarah schaute aus dem Fenster, als sie losfuhren, dann zurück zu ihm. „Du gehst davon aus, dass es funktionieren wird?"

Ja. „Genauso, wie du nicht daran glaubst? Ich versage nicht, mein Engel…"

„Doch hast du aber." Die herben Worte flossen über ihre süßen Lippen, als ihre Augen verhärteten. „Und deshalb sind wir hier."

Wie ein Dolch in sein verdammtes Herz. Er fühlte sich stillgelegt, konnte nicht weglaufen und wollte schreien: *Du lebst, nicht wahr? Die Kinder sind in Sicherheit. Ich habe nicht versagt!* Eine unruhige Enge in seiner Brust reizte ihn zur Flucht. Er hatte sie vielleicht dazu gebracht ins Flugzeug einzusteigen, aber ihr Ton sagte, das dies alles war, was er hatte.

Er und Sarah saßen eine Million Meilen voneinander entfernt, während sie langsam ihre Reiseflughöhe erreichten. Die Stimme der Therapeutin erklang in seinem Kopf. Sie ist verletzt worden. Du warst nicht erreichbar. Für alles, was schiefgelaufen ist, bist du der Sündenbock. Nicht, dass es richtig ist, aber das ist wahrscheinlich die Art und Weise, wie sie sich fühlt. Ihr müsst beide heilen. Gemeinsam. *Wenn es wirklich das ist, was du willst.*

Es war, was er wollte und obwohl er nicht der Meinung war, dass er versagt hatte, ist es, was Sarah von ihm dachte. Verdammt, er war es nicht gewohnt, in ihren Augen zu versagen und schon gar nicht es sich von seiner Frau mit solcher Wut vorwerfen zu lassen. Er schluckte seinen Stolz hinunter, ignorierte den Druck in seiner Brust und ließ einige Minuten verstreichen.

Die Oberlichter der Kabine wurden gedimmt, und nachdem ihm die Flugbegleiterin einen weiteren Drink angeboten hatte, richtete er seine Aufmerksamkeit auf Sarah. „Erzähl mir *mehr.*"

Ihre Augen prallten von seinen ab und wichen ihm nervös aus. Sie nickte und strich die Falten auf ihrer Hose glatt. Sie durchsuchte ihre Handtasche für einen Moment und zog dann ein lilafarbenes, mit Stoff bezogenes Buch heraus. „Du hast einen Schlachtplan. *Ich habe nichts.*"

Sie reichte es ihm. Ihre Zurückhaltung war überwältigend. Sie wartete und saß still wie versteinert. Der knallbunte Wildlederbezug zeigte liebevolle Spuren der Abnutzung. Sein Daumen spielte an den Kanten von dickem Papier. „Was ist das?"

Es sah besonders aus. Wertvoll und er hatte es noch nie zuvor gesehen. „Öffne es."

Schmetterlinge wirbelten in seinem Bauch herum, während er dieses Geheimnis in seinen Händen hielt. Seit wann hat Sarah Geheimnisse vor ihm? Wahrscheinlich, deswegen, weil er so offen darüber gewesen war, warum er sie jenseits der Zivilisation leben ließ und ihr Details darüber verheimlichte, was er beruflich tat.

Oder zum Teufel, war es vielleichtgar kein Geheimnis gewesen? Hatte er es einfach nicht bemerkt?

„Das ist nicht Nichts, mein Engel."

Er blätterte eine weitere Seite um. Mehr davon. Seite für Seite neue mit Bleistift gezeichnete Szenen. Sterne und Berge. Ozeanwellen, die an einem Strand brechen. Unglaubliche Details, als ob sich die Fotos aus dem wirklichen Leben herausgelöst und in Skizzen verwandelt hätten. Kleinste Details. Kraftvolle, zielgerichtete Verwischungen. Hell, dunkel. Schattierung und Raum. Ein rohes, ungehemmtes Talent.

„Das hast du gezeichnet?"

Sie nickte. Auf ihrem rosa leuchtenden Gesicht lag ein schüchternes Grinsen.

Seine Frau war Künstlerin? Eine *außergewöhnliche* Künstlerin. Und er hatte keine Ahnung gehabt. „Ich wusste das nicht."

Sie lehnte sich wieder in ihren Stuhl zurück und atmete einen Seufzer aus. „Ich weiß. Ich habe dir viel vorenthalten. Nicht absichtlich." Sie sah wieder aus dem Fenster. „Ich hätte nicht sagen sollen, dass du versagt hast. Etwas klickt in meinen Kopf und ich schotte mich entweder ab oder flippe aus."

Klassische PTBS. Wie lange hatte sie mit Mia gesprochen?

Ihr Unterarm lag über der Armlehne, und er nahm ihre Hand und fuhr mit seinem Daumen über eine Falte ihrer geballten Faust.

„Du hast eine Menge durchgemacht."

Ihre Schultern fielen nach vorn. „Ich dachte immer, ich sei stark."

„Und das bist du."

Sarah schüttelte den Kopf und lachte traurig. „Das bin ich nicht. Ich war ich die ganze Nacht wach und habe alles aufgeschrieben, was ich dir eigentlich hätte sagen sollen. Es ist auf der Rückseite meines Skizzenbuchs. Es ist *mehr*. Das ist es, was ich will."

Ihre straffe Faust entspannte sich, aber ihre Finger zappelten in seiner Hand, während sie sich unruhig in ihrem Stuhl wandte.

Er räusperte sich. „Schau..." Diese ganze Ehrlichkeitsscheiße brannte wie Verdauungsstörungen. Es schmeckte schrecklich, wenn es hochkam und es zu ignorieren, half nicht. „Ich dachte auch, dass ich stark sei."

Braune Augen blinzelten ihn an, bereit, Klage zu erheben. Aber es kam nichts. War das ein Fortschritt?

Er fuhr fort: „Ich dachte, ich sei unbesiegbar. Könnte die Welt beherrschen. Ich schätze, wenn dein Leben am Limit lebst, Sprengsätze verdrahten kannst, um Kartelle auszulöschen, gehst du davon aus, dass du in der Lage bist, das Mädchen zu retten. Du hattest Recht, Engel. Ich habe dich und die Mädchen in Gefahr gebracht. Es hat mich fertig gemacht. Es hat meine Seele in Stücke gerissen."

Es laut auszusprechen tat weh. Sein Körper schmerzte. Magenschmerzen. Halsschmerzen. Kopfschmerzen.

„Brock... Ich meinte nicht..."

„Was immer du meintest, es ist die Wahrheit."

Es raus zu lassen, dem Universum den Mittelfinger zu zeigen, minderte die Schmerzen kein bisschen. Die Triebwerke dröhnten. Bleierne Stille lag auf ihnen.

„Wie gesagt, ich war die ganze Nacht wach." Sie unterdrückte ein Gähnen. „Ich mache meine Augen eine Weile zu. Aber du solltest lesen, was ich geschrieben habe. Wenn du willst. Vielleicht möchtest du auch ein paar Dinge aufschreiben. Es... war eine Offenbarung."

Dinge aufschreiben? *Nein, danke.* Sein Innerstes in einem emotionalen Ausbruch niederschreiben, wiederstrebte seinem männlichen Ego. Wenn er das tun sollte, müsste er etwas New-Age-Musik auf seinem iPod spielen und seinen tief-schwarzen Kaffee gegen einen wohltuenden Kräutertee eintauschen.

Was er wollte, war, dass seine Frau an ihn gelehnt einschlief. Sie konnte schlummern, er konnte durch ihre Notizen blättern, sehen, was dieses *Mehr* war, und seine Strategie nach Bedarf anpassen.

Sarah drückte die Armlehne nach oben und er hob seinen Arm, damit sie sich an ihn lehnen konnte. Aber sie tat es nicht. Sie lehnte sich an das Fenster, zog die Sonnenblende bis zu ihrer Schulter nach unten und steckte ihre Füße in die Position, wo eben noch die Armlehne gewesen war. Zu einem Ball zusammengerollt, hatte sie die am weitesten mögliche Entfernung zwischen Ihnen aufgebaut, ohne ihren Sitzplatz zu wechseln.

Er hatte wieder daneben gelegen. Sein Kopf sank hinab und er fuhr sich mit der Hand durch die Haare. Zeit, Informationen zu sammeln. Das lilafarbene Buch enthielt die Antworten.

Er übersprang die Bilder, die sich besser für eine Galerie eigneten als ein Skizzenbuch, und fand die erste Seite mit Notizen.

Eine Liste meiner Geheimnisse.

KAPITEL FÜNF

B ROCK BEGANN MIT dem Abschnitt, den Sarah *Geheimnisse* genannt hatte und endete mit einer *Aufzählung der Dinge, die sie vor ihrem Tod noch unbedingt erleben wollte.* Auf keinen Fall würde er etwas dieser Art aufschreiben. Erstens, weil sein Selbstwertgefühl als Ehemann die Toilette runtergespült worden war und zweitens, weil seine Gedanken noch unter Schock standen.

Vom lilafarbenen Notizbuch auf die schlafende Schönheit schauend, wusste er, dass sich seine Augenbrauen seinem Haaransatz näherten. Wusste, dass ein Dauer-Rot seine Wangen färbte. Nur über *seine Frau* wusste er nichts.

Sarah begann sich zu bewegen, als der Jet zum Landeanflug überging. Sein Herz trommelte in seiner Brust. Nicht rhythmisch. Definitiv sporadisch und panisch und verdammt angeturnt.

Sie würde fragen, ob er ihr Notizbuch gelesen hätte. Er konnte lügen und nein sagen. Er konnte die Wahrheit sagen und ja sagen. Oder er konnte sie einfach so ansehen, wie er sie jetzt ansah, dann würde sie diese Frage nicht stellen müssen.

Seine Haut kribbelte und brannte darauf, sie zu berühren. Mit ihr zusammen zu sein. Lass sie alles laut vorlesen, was sie zu Papier gebracht hatte.

Verdammt, Mann. Er musste aus diesem Flugzeug raus. Sofort.

Die Räder schlugen auf den Boden auf. Sarah öffnete die Augen auf und fing seinen Blick ein. Sie blinzelte nicht. Lächelte nicht. Und musste es auch nicht. „Du hast es gelesen."

Ein kurzes Nicken gab ihr die Bestätigung.

„Was denkst du?"

Ihm entwich ein scharfer Atemzug. Er fühlte sich zu sehr durch den Sicherheitsgurt und seine Hose eingeschränkt. „Dass wir dieses Gespräch nicht in der ersten Reihe der ersten Klasse führen…"Sie kicherte. *Kicherte.* Ihre Wangen glühten rosa und wenn dieses verdammte Flugzeug nicht endlich zum Gate kam und sie aussteigen ließ, musste er die Notbremse ziehen.

Niemals. Wieder. Würde er in einem normalen – nicht privat gecharterten – Flugzeug fliegen.

Schließlich öffnete sich die verdammte Tür und er nahm Sarah an der Hand. Sie sagte seinen Namen, packte wahrscheinlich ihre Handtasche und das Notizbuch. Er musste dieses Notizbuch nie wieder lesen, er hatte sich jedes Wort genau eingeprägt.

Er konzentrierte sich ausschließlich auf die Suche nach einem privaten Ort und schob sie hinaus. Sie waren die ersten auf der Landebahn und er scannte die Umgebung ab. Alte Gewohnheit, auf der Suche nach potenziellen Bedrohungen, aber im Moment musste er vor allem den schnellsten Weg nach drinnen finden.

„Brock", rief sie und versuchte mit seinem schnellen Tempo Schritt zu halten. „Brock!"

Sie gingen nach drinnen; die Kühle der Klimaanlage ergoss sich über seine erhitzte Haut, was nichts mit dem tropischen Klima zu tun hatte. Er drehte sich um und ließ seinen Blick über ihren Körper wandern. Eine Rückzugsmöglichkeit. Dringend. Jetzt.

Nichts schien angemessen. Gab es keine Vielflieger Lounge? Besprechungsräume? Ein verlassenes Gate mit Reihen von leeren Stühlen lag vor ihnen. Das müsste ausreichen, damit er sich sammeln konnte.

Sie erreichten den mehr oder weniger abgelegenen Bereich und er drehte sich um, um sich dieser erotischen Nymphe zu stellen, die er nicht so gut kannte, wie er dachte. Ihre braunen Augen flackerten; kupferfarbene Flecken funkelten darin. Ihr Gesicht war so vertraut, aber schien plötzlich so anders. Lange Wimpern und ein winziges, herzförmiges Gesicht reckten sich ihm entgegen. Lippen, die sie leckte, wenn sie nervös war, leckte, wenn sie erregt war. Lippen, die sie gerade jetzt leckte.

Er atmete durch die Nase und versuchte sich zu beruhigen. In einem

Flughafen über sie herzufallen, stand wahrscheinlich nicht ganz oben auf ihrer Wiedervereinigungsliste. Sein Verstand sprang zu ihren Notizen zurück. Nun, vielleicht war es das doch. *Ich möchte, dass wir spontaner sind. Ich möchte, dass der Superheld nach Hause kommt und mich nimmt. Es hat nichts damit zu tun, dass ich seine Frau bin. Sondern, ausschließlich mit unkontrollierbarem Testosteron.*

Er bewegte sich auf dünnem Eis. Eine falsche Bewegung und es könnte alles damit enden, dass sie ihren Finger in seine Brust rammte und ihn daran erinnerte, wie er sie im Stich gelassen hatte. „Sarah, du hast nicht viel über das Überleben einer Entführung aufgeschrieben. Oder darüber, wie es sich anfühlt, traumatisiert zu sein."

"Nee. Habe ich nicht."

Ihre Brüste waren erregt, das Auf und Ab ihres Busens glich sich seinem Atem an. Sie standen nur wenige Zentimeter voneinander entfernt. Er ging auf sie zu. Seine Hände auf ihren Schultern, glitten an ihren Armen hinunter und kamen auf ihrer Taille zum Stillstand. Sie zuckte nicht zusammen. Wich diesmal nicht zurück. „Ich werde etwas Falsches sagen oder tun. Dann wirst du dich verziehen und mich mit einem Steifen auf einem Flughafen stehen lassen. Allein."

„Ich höre dir ohnehin kaum noch zu. Mach dir keine Sorgen."

Ihre Ehrlichkeit zog ihm den Boden unter den Füßen weg. „Ich kann meine Hände nicht von dir lassen."

„Gut."

„Angel. Das habe ich nicht erwartet."

Sie nickte. „Ich glaube, das war das Problem."

Ein Knurren rumpelte in seiner Brust. „Ich wusste nicht, dass es ein *Problem* gibt."

„Gut." Ihre Zunge strich wieder über ihre Unterlippe. „Falsches Wort."

„Sag mir das richtige."

„*Mehr*", flüsterte sie, glatt wie Seide.

Dasselbe Wort, besserer Kontext. Und wieder drang ein Knurren tief aus seinem Inneren. Er hatte keine Fragen gestellt. Würde nicht zögern. Nicht jetzt. Es ist zu lange her, dass er sie geschmeckt hatte. Dass er ihren hungrigen kleinen Körper gegen seinen gehalten hatte.

„Was hat sich geändert, Sarah? Du bist angepisst eingeschlafen. Und jetzt…"

„Und jetzt kann ich kaum noch atmen, weil ich dich will. Ich wachte auf, und deine Augen standen in Flammen. So hast du mich seit Jahren nicht mehr angesehen. Pure Lust. Pures Verlangen."

Seine Hände noch immer auf ihrer Taille, hob sie auf, wie nichts und ihre Finger verflochten sich in seinem Haar. Ihr Mund strich über seinen, geschmeidig und sinnlich. Er biss sanft in die Unterlippe, saugte sie in seinen Mund. Gab sie frei, nur um wieder zuzubeißen.

Ihr Schnurren tanzte über seinen Mund, gefolgt von einem erobernden Zungenschlag. Je härter er sie küsste, desto fester packte sie sein Haar, zog an seiner Kopfhaut und trieb ihn weiter. Genießend. Verschlingend. Hungrig. Ihre Münder verschmolzen, ihre Zungen jagten einander. Sie schmeckte nach Minze und begrüßte seine Intensität. Ursprünglich, elementar, sie hatte ihn geschlagen. Eine überwältigende Begierde, die alles um sie herum verblassen ließ.

Ihre Hände zerrten ihn zu ihr herüber. *Nimm dir was du brauchst mein Engel!* Verdammt, alles, was sie wollte. Fingernägel kratzten von seiner Kopfhaut entlang bis zu seinem Genick hinunter. Sie gruben sich in seine Haut, als er sie küsste. *Und ich dachte, früher wären die Funken zwischen uns geflogen. Sie hat Recht. Ich liege falsch. Das geht noch mehr zwischen uns.*

Harte, spitze Brustwarzen reckten gegen seine Brust. Auf eine Reihe von Stühlen gestützt lehnte er sich zurück, während sie auf seinem Schoß saß. Es verschlug ihm den Atem. Er öffnete seine Augen und konnte sie nicht von ihr abwenden, selbst wenn er es wollte. Ihre loderten kupferbraun und starrten tief in sein Inneres. Ohne zu blinzeln. Unerschütterlich.

Ihre Lippen verweilten auf seinen. Harte Atemzüge vermischten sich miteinander. Ihre Atemzüge galoppierten um die Wette, sein Herz raste. Sie könnten auf diesem Sitz bleiben, so ineinander verschlungen, zusammen. Ohne zu sprechen, es nicht zu müssen, zu kommunizieren ohne Worte.

Aber trotzdem… Er hatte es bereits gesagt, er würde es immer wieder sagen, bis sie es zurücksagen würde. „Ich habe dich vermisst."

Sarah nickte, ihre Augen standen in Flammen. „Hotelzimmer?"

So schnell hatte er damit nicht gerechnet. „Die Hotels liegen genau auf der anderen Seite der Insel. Er verfluchte die Logistik. „Eine zweistündige Fahrt. Scharfe Kurven und Schlaglöcher. Nicht gerade sexy oder schnell.

„Überlege dir etwas." Sie zog ihn mit ihren Händen an sich. Scheiße ja, Engel!

Jawohl. Er sprang auf und setzte sie ab. Ihre Finger miteinander verflochten, gingen sie den Korridor hinab. Seine Erektion machte sich schmerzhaft bemerkbar und drückte gegen seine Jeans. Sie gingen um die Kurve und fanden den Fahrer, den er bestellt hatte, mit ihrem Gepäck auf einen Wagen gestapelt, bereit loszufahren.

„Wo ist Ihr Wagen, Kumpel?" Brock war sicher 20 Zentimeter größer als der uniformierte Chauffeur und zog ein Bündel Scheine aus seiner Tasche. „Für deineUnannehmlichkeiten. Ich muss mit meiner Frau sprechen. Alleine. Können Sie einen Spaziergang machen? Einen Kaffee trinken? Ich komme Sie holen, wenn wir fertig mit dem… Reden sind."

Ohne mit der Wimper zu zucken, erklärte der Fahrer ihnen nach draußen zu einem wartenden Hummer zu gehen. Brock nahm sie bei der Hand und führte sie zu dem Fahrzeug, dass genau dort, wo der Fahrer erklärt hatte, auf sie wartete.

Er öffnete die Türe und hob sie hinein. „Rauf und rein, Engel." Sarah drehte sich auf dem schwarzen Sitz nach ihm um und griff nach seinem Hemdkragen. „Spontan *und* in der Öffentlichkeit. Du hast wirklich gelesen, was ich geschrieben habe." Er hatte es sich zwar gemerkt, aber in diesem Moment handelte er aus purem instinktivem Bedürfnis. Öffentlich, privat, das war nicht wichtig. Das hier war *mehr* von ihnen und er genoss es.

KAPITEL SECHS

SARAH WAR ES leid, das kleine Flüstern in ihrem Kopf zu ignorieren. Diejenigen, die um ihre Aufmerksamkeit kämpften, während sie versuchte, vor ihm wegzulaufen.

Als sie ihre Sachen gepackt und ausgezogen war, hatten die Stimmen gesagt, sie müsse sich mit dem Geschehenen auseinandersetzen und nicht vor dem Mann davonlaufen, der alles tun würde, um seine Familie zu retten.

Im Gästehaus, als er ihr so nahe war und sie an die Wand gedrängt hatte, hatten diese kleinen Stimmen gerufen, dass sie ihn küssen solle. Ihm in die Arme fallen. Sich alles zu nehmen, zu fühlen und all das zu tun, worin sie während ihrer Ehe so gut gewesen waren.

Und als sich Sarah dazu gezwungen hatte, alles aufzuschreiben, was sie *wirklich* wollte, wenn sie bei ihrem Neustart der Ehe vorankamen, hatten ihr die gleichen kleinen Stimmen eine ganze Liste mit Vergnügen und Gelegenheiten gegeben, von denen sie es heimlich wagte, darüber zu fantasieren, aber nie darüber gesprochen hätte.

Bis heute.

Jetzt waren Sarah und die lustvollen kleinen Stimmen in ihrem Kopf synchron und eine Voraussetzung verheiratet zu bleiben, war, zu sehen, ob sie all das sein konnte, was sie sein wollte.

Brock besaß eine Hardcore-Seite. Brutal und gefährlich. Als er von Titan nach Hause kam, sah sie Überreste seiner dunklen Seite. Sie wollte diesen Teil von ihm anzapfen. Jetzt. Hormone durchfluteten sie und reisten von ihren keuchenden Atemzügen bis in ihren Schoß.

Sie packte sein Hemd mit ihrer Faust und zog ihn enger an sich. „Ich will es nicht einfach haben."

„Würde ich mir nicht träumen lassen." Seine Zähne waren zusammengebissen, stieg er über sie und schloss die Autotür hinter sich.

Ihre Oberschenkel öffneten sich auf, ihre Shorts waren hochgerutscht, kniffen und drückten. Der Schmerz, der sie in diesem Moment durchdrang, verstärkte ihren Atem und köderte sie für seine Berührung. Sie brauchte es und drängte sich gegen ihn und versuchte, diesen qualvollen Aufruhr in ihrem Inneren gleichzeitig zu lindern und zu intensivieren. Ihre Hände griffen zwischen ihre Körper, fanden seine Gürtelschnalle, als er den Knopf an ihren Shorts öffnete und ihre Erregung noch weiter steigerte. Es fühlte sich an, als ritten sie auf einer gigantischen Welle. Unkontrollierbar, unglaublich und unaufhaltsam. Seine Hände rissen ihre Seidenbluse nach oben, über ihren Spitzen-BH. Sie hätte nie gedacht, dass sie Minuten nach der Landung in einem Auto Sex haben würden. Aber wen kümmerte das schon? Er war ihr Mann.

Gott! Brocks Finger umschlossen ihre Brust. Massierend. Fast schon schmerzhaft fest drückend. Vergnügen und Schmerz waren, wonach sie sich sehnte. Seine Finger fanden ihre aufgereckte Brustwarze und spielten mit der Spitze. Er neckte und spielte mit ihr, während er sich über ihr bewegte, seine beeindruckende Länge an ihr reibend, in der Enge des Rücksitzes.

Der Mann war riesig. Glatter, schöner Stahl. Der perfekte Schaft. Die perfekte Krone. Er raubte ihr immer noch den Atem, nachdem sie ihn jahrelang gelutscht, gefickt und von ihm geträumt hatte. Er ließ von ihrer Brustwarze ab, schnappte sich den Stoff ihres BHs und zog ihn unter ihre Brüste. Befreit reckten sie sich ihm entgegen und sein Kopf senkte sich auf sie nieder. Sein Mund war genauso ungehalten wie seine Hand. Er bearbeitete ihren anderen Hügel. Beißend, fordernd. Er kratzte mit seinen Zähnen über ihre fleischige Fülle, bis er die Mitte fand und sie tief in seinen Mund sog.

Ihr Körper zog sich zusammen. Ihre Sinne erwachten zum Leben, ein Tornado des Höhepunkts, der sich in ihr aufbaute und von ihrer Brustwarze bis zur Klitoris wanderte. Ein plötzlicher Hinterhalt seiner Finger drückte an der Spitze ihres Strings vorbei und versank tief in ihr. Ein willkommenes, gewaltvolles Eindringen.

„Ja," kam über ihre Lippen. Ihre Beine spreizten sich weiter, als er seine Hand gegen sie drückend bewegte. Sein Mund missbrauchte ihre Titte, bis sie sich aufbäumte, schrie, stöhnte, stöhnte und vor Ekstase weinte.

„Mehr." Er brüllte gegen ihre Haut, zog seine Hand frei und schob die Shorts an ihren Beinen herunter. So schnell, so abrupt, dass der Reißverschluss sie am Oberschenkel kratzte und ihre Shorts um einen Knöchel herum geschlungen, liegen blieben. Sie zog seine Gürtelschnalle auf, ließ seine Hose den festen Hang seines Hinterns heruntergleiten. Hart und muskulös. Sie grub ihre Finger in sein Fleisch, als er in sie eindrang. Seinen Schwanz tief in das Innere drückend, nahm ihr Körper leicht seinen Speer in sich auf, bis zum Anschlag. Sein Sack knallte gegen sie, als er in sie eindrang, zog sich zurück und schlug wieder zu.

„Fick mich, mein Engel!"

Ihre Augen flogen auf. Sein Gesicht war Alpha pur. Rauchige lodernde Augen. Tiefe Konzentration, die auf sein Gesicht liegt. Sie erlag dem allmächtigen Blick, der sein ganzes Wesen vereinnahmte. Ein Bein stemmte sich gegen den Rücksitz, das andere wickelte sich um seine treibenden Oberschenkel. Sie nahm ihn in sich auf, passte sich ihm an, Schlag um Schlag.

Sie erklommen die Spirale, höher und höher hinauf. Schweiß durchtränkt, durch Küsse und Bisse dringendes Stöhnen. Er packte ihren Arsch und drang noch tiefer in sie ein, bis sie vor Begierde blind wurde. Unfähig, etwas anderes als den Ansturm eines erschreckend mächtigen Höhepunkts zu sehen.

Es hatte sie stärker getroffen, als erwartet. Die Muskeln spannten sich. Die Lungen bebten. Nach dem Himmel zu greifen und zu wissen, dass er in ihren Armen lag. Er vergrub seinen heißen Samen tief in ihrem Inneren. Ihren Willen brechend. Sie als Sein zu markieren. Das war es, was sie wollte. Mehr als sie je zuvor hatten. Mehr Emotionen. Mehr Energie. Mehr Kraft. Es stieß sie in ein heftiges, ungehemmtes Chaos, als sie ihre Welle auf seinem Schaft ritt und auf wunderbare, fast schmerzhafte Weise kam.

Brock brach zusammen, zerdrückte und hielt sie. Er atmete in sie hinein, für sie.

Tränen strömten in ihre Augen. Unerwartet. „Ich habe dich auch vermisst."

SEINE AUGENLIDER SCHLIEßEND, die Muskeln entspannend, atmete Brock tief ein. Sommer und Sonnenschein. Die Frau, von der er befürchtet hatte, sie für immer zu verlieren, über die er nach so vielen Jahren zusammen noch so viel zu lernen hatte, klammerte sich an ihn.

Er setzte sich auf und richtete ihre Kleidung und zog sie auf seinen Schoß. „Alles in Ordnung?" Da er nicht wusste, was er sonst sagen sollte, suchte er, nach etwas das besser klang als was nun?

„Gut." Ihr Atem klang satt. „Das war geil."

Sein Mundwinkel bog sich zu einem halben Grinsen und er kicherte. „Ja, das war es, Engel."

„Anders".

Er senkte sein Kinn, um seine Lippen auf ihre Stirn zu drücken und ließ sie verweilen, bis sie sich zurückzog. „Stimmt." Sie hatten schon immer ein Feuer zwischen sich gespürt, aber das hier war Dynamit, das mit Benzin übergossen worden war.

„Denkst du, dass ich verrückt bin?" Sie sah ihn nicht an, sondern schaute aus dem getönten Fenster. Eine Wolke der Unsicherheit legte sich über ihren Gesichtsausdruck.

Brock lenkte sanft ihr Kinn und ihren Fokus zurück nach Innen. „Warum sollte ich das denken?"

„Weil ich in dem einem Moment nicht mehr verheiratet sein will. Im nächsten sehne ich mich danach."

Ich wette, sie ist gerade total verwirrt. Sie fühlte sich wahrscheinlich durcheinander an, sprang von einer Emotion zur nächsten. Er hatte sich ein Beruhigungsmittel verschreiben lassen müssen, nachdem sie gegangen war, aber sie hatte Schlimmeres durchgemacht. Vollkommen unvorbereitet. „Nein, Engelchen. Du bist weit davon entfernt, verrückt zu sein."

„Wieso denkst du das?"

Die Frage war verständlich. Sie hätte auf alles, was er sagte, empfindlich und ganz anders reagieren können. Aber Sarah war auch in Bezug auf ihre Bedürfnisse offen gewesen und auch wenn er zugegebenermaßen wenig über traumatische Stressbewältigung wusste, verdiente sie es zu hören, wie er die Wahrheit sah, auch wenn er sie mit Samthandschuhen anfassen musste.

Er brauchte eine volle Minute, um sich von ihrer Flucht auf dem Rücksitz zu erholen. „Gib mir eine Sekunde."

Er sprang aus dem Hummer, fand den Fahrer und kam dann zurück. Keine Ahnung, wie dieses Gespräch laufen würde, sie könnten es genauso gut auf der Straße führen, wo sie nicht auf und davon rennen könnte.

Die karibische Luft machte seine Gedanken frei und half ihm sich auf seine Ziele zu konzentrieren. *Vertrauen wieder aufbauen, Zusammenfinden.* Wenige Augenblicke später kuschelte sie sich wieder auf seinen Schoß, ihr Gepäck war sicher verstaut und der Hummer schlingerte S-Kurven auf einer verstopften Straße.

Wo sollte er nur anfangen? „Es ist höchstens ein bisschen verrückt, dass du mich all die Jahre ertragen hast. Die Einschränkungen, die ich unserer Familie aufgezwungen habe. Ich war ein Arschloch…"

„Du warst kein Arschloch. Ich hätte ganz einfach fragen können, warum wir so gelebt haben."

„Aber du bist nicht verrückt. Nicht, weil du auf mich losgegangen bist. Du gibst mir die Schuld."

Die vorbeiziehende Landschaft zog ihre Aufmerksamkeit wieder auf sich, ihr Unbehagen war offensichtlich. „Ich fühle mich dumm. Jeder weiß, dass ich gegangen bin. Ich habe einfach die Kinder genommen und bin gegangen."

„Meinst du mit ‚alle' Titan?"

„Und ihre Frauen."

„Vertrau mir, wenn ich es dir sage, niemand macht dir einen Vorwurf. Ich habe Titan verlassen. Ich war illoyal. Wenn sie etwas Schlechtes zu sagen haben, dann höchstens über mich."

„Ich bin mit Nicola und Sugar in Kontakt geblieben. Ich glaube, sie mögen mich."

„Es ist nicht schwer dich zu mögen." Seine Lippen drückten einen

Kuss auf ihre Schulter, während sein Herz flatterte. Natürlich mochten sie sie. Er hätte sie nie so abschotten sollen.

Sie hatte eine lockere Persönlichkeit, brachte ihn immer zum Lächeln. Sarah konnte mit Titan-Frauen wie Sugar mithalten. Was sicher nicht einfach war, aber seine Frau hätte es mit Leichtigkeit geschafft.

„Wir waren so behütet. Warum hast du mich nie vorgestellt?"

Behütet. Das Wort tat weh. Früher schien es eine praktische Verteidigungsstrategie zu sein. Nun schien es anmaßend. „Alles wurde kompliziert. Plötzlich und schnell. Wir alle waren Single. Verheiratet mit dem Job." Er runzelte die Stirn und analysierte seine schlechte Begründung. „Gott, es ist Jahre her, dass Jared Titan gegründet hat. Als wir am Anfang loszogen, Mission für Mission, haben wir viel Gutes erreicht, viel Schlechtes vernichtet."

Sie nickte, als er das letzte Jahrzehnt bei der Arbeit zusammenfasste.

„Ich habe dich getroffen, Engel. Verliebte mich schnell. Heftig. Du bist meine Welt, meine beste Freundin, das sexieste Ding, das ich je gesehen habe. Ich wollte deine hübsche kleine Stirn nicht zur Zielscheibe machen. Ich sah, dass anständigen Menschen schlechte Dinge widerfuhren; ich hatte mir viele Feinde gemacht. Ich wollte das nie für dich. Und verdammt sicher nicht für unsere Mädchen. Es schien sicherer, unser Leben in Luftpolsterfolie zu verpacken. Ich war zu Hause, die Dinge waren normal. Ich war weg, du hast dein Ding gemacht. Eine geschützte Existenz."

„Was ist mit Nicola und Sugar? Und Mia? Sie haben auch Kinder. Glaube ich."

„Das sind alles Neuzugänge. Alles passierte so schnell. Und ich habe nie darüber nachgedacht. Abgesehen davon, wie hätte das laufen sollen? Nun, schau, hier ist meine Frau. Ich habe auch eine." Er rieb sich eine Hand über das Gesicht.

„Das klingt lächerlich. Es kam einfach nie zur Sprache und ich wollte dich in Sicherheit, weit weg von meiner Seite wissen."

„Das scheint…" Ihre Hand winkte in der Luft und griff nach einem verlorenen Wort.

„Egoistisch. Ich sehe es jetzt. Was ich getan habe, um euch Mädchen zu beschützen, machte die Dinge nur noch schlimmer. Ihr seid meine Familie. Und Titan ist auch meine Familie." *Zumindest waren sie das früher.* „Du hättest ein Teil davon sein sollen. Jetzt habe ich sie verloren und hoffe bei Gott, dass ich dich nicht verloren habe."

Sie biss sich auf die Lippe.

„Engel, ich bin nicht dumm genug, um zu denken, dass heißer Sex auf dem Rücksitz eines Hummers, und eine Offenbarung über PTBS dich nach Hause bringen würden. Aber es wäre eine Lüge, wenn ich sagen würde, dass ich es nicht hoffe."

Sie scannte den Rücksitz und setzte sich schließlich auf ihn. Ihre Finger verdrehten sich in ihrem Schoß. „Ich werde deswegen einen Therapeuten aufsuchen. Wegen der PTBS."

Ihre Wangen hatten einen rosa Schimmer. Er wünschte, sie einmal richtig zu vögeln, könnte die Negativität, die mit mentalen Blockaden einherging, beseitigen.

„Es ist nichts falsch daran, mit einem Profi zu reden. Du hast eine schreckliche Erfahrung gemacht." „Ich hatte mich für die Mädchen zusammengerissen. Zu viele kleine Kinder um mich, um zusammen-zubrechen." Ihre weiche Stimme drohte zu brechen. „Ich habe versucht, so zu tun, als wären wir im Urlaub."

„Und dafür bin ich dankbar. Du bist die stärkste Frau, die ich kenne."

„Nicht wirklich. Es gibt einen großen Unterschied zwischen, um der Kinder willen, einen Urlaub vorzutäuschen und Teile von mir vor meinem Mann zu verstecken, weil ich unsicher war. Das ist schwach. Ich versteckte mich hinter der Ausrede der Unbekümmertheit." höhnte sie. „Du dachtest, ich würde dich verurteilen?" Hätte er das? Nein. Auf keinen Fall. Schon gar nicht, wenn es um das Schlafzimmer ging.

„Nein. Nicht verurteilen."

„Was dann?"

„Ich weiß nicht..." Sie zuckte mit den Schultern. „Hast du keine Geheimnisse?"

„Vor dir? Nein."

Ihre Augenbrauen hüpften plötzlich auf und traurig wieder ab. Enttäuscht. „Oh."

War sie enttäuscht von ihm oder sich selbst? Er wusste es nicht. Er würde das, was er für sich behielt, nicht Geheimnisse nennen. Nur Gedanken, die er nicht geteilt hatte. Was... na ja, ein Geheimnis war. *Hallo, du Genie.* „Nun, das stimmt nicht ganz. Ich hatte wohl auch meine Geheimnisse."

Ihre Augen leuchteten auf, hoffnungsvoll. „Erzähl sie mir!"

„Ich meine, ich habe kein erstaunliches Talent, das ich vor dir verborgen habe."

Sie klopfte auf seine Brust, und zum ersten Mal seit sie die Fahrt angetreten hatten, huschte ein warmes Lächeln ihre Lippen. Geheimnisse waren keine Geheimnisse, weil er etwas zu verbergen hatte. Es hatte sich einfach so ergeben, durch jahrelange Ehe und Kinder. Das Verlangen nach etwas Größerem, Stärkerem, Intensiverem erschien unnötig.

Er war verdammt schlecht darin sich mitzuteilen. Aber Sarah verlangte es. Er atmete schwere Gedanken aus. Dieses wiederaufbauen-wiederverbinden Zeug sorgte für einige unangenehme Momente. Er rollte mit den Schultern und war bereit durchzumarschieren. Nur noch anderthalb Stunden die sie mit dem Wiederaufbau und Annähern totschlagen mussten, bis sie den Ort erreichten. Und ihr privates Zimmer. Es hatte einen Whirlpool und einen privaten Pool...

Er räusperte sich und kanalisierte seinen inneren, emotionalen Typ. „Ganz im Ernst. Ich weiß, dass du alles in dein Notizbuch geschrieben hast – du warst noch nie jemand, der deinen Mund hält, wenn du etwas willst – aber diese Worte zu lesen, zu wissen... diese selbstbewusste Art..." Nichts, was er sagte, klang so, wie er es meinte.

Aber sie blinzelte bestätigend. „Ich wollte etwas Neues und sagte es dir."

„Ja." *Genau.* „Zwischen uns war es schon immer heiß. Ich beschwere mich nicht. Ich habe mich nie beschwert. Ich schwöre es." Er legte die Hand über sein Herz.

Sie lachte. „Ich hätte dir schon vor Jahren meine wertvolle Liste geben sollen." Ihre Finger glätteten den Kragen seines Hemdes, an dem sie vorher gezerrt hatte. „Erzähl mir etwas, das du willst. Oder wie du es willst. Überrasche mich."

Was fiel ihm da ein? *Denke nach.* „Ich mag es, wenn du direkt bist. Ohne Umschweife." So. Das war nicht schwer. Nicht besonders spezifisch, aber es hatte Spaß gemacht und ihm gefallen. Sehr sogar.

„Ich möchte, dass du mich in einer Bar aufreißt. Ein One-Night-Stand."

Als er sich an das Notizbuch erinnerte, nickte er. „Die geheime Liste, Punkt Nummer sieben. Ich habe ihn markiert." Er umarmte ihre Taille und liebte die Veränderung ihres Verhaltens. „Siehst du, ich bin gut, wenn es um konkrete, strategische Pläne geht."

„Verführ mich. Fick mich. Gib mir einen anderen Namen." Ihre Stimme verwandelte sich in etwas Anziehenderes. Ein tiefes Vibrieren. Ein streichelndes Geräusch. „Tu so, als würdest du mich zum ersten Mal sehen."

„Sprich weiter, Engelchen. Ich höre zu."

Sie schüttelte den Kopf, tippte mit dem Finger auf seinen Brustmuskel. „Nee. Du bist dran."

Richtig. Er war dran. Sie hatte viel mehr Zeit gehabt, darüber nachzudenken, und ihre Ideen waren viel kreativer als alles, was er sich ausdenken konnte. „Ich muss überlegen."

„Spuck es schon aus. Das erste Wort, das dir in den Sinn kommt. Jetzt."

„Seil." Seil? Wo kam das denn her? Aber Visionen von einem taktischen Seil, zum Abseilen, stark und robust, durchfluteten plötzliche seine nackte Fantasie von ihr im Bett.

„Willst du mich fesseln? Okay. Such dir besser einen Baumarkt auf der schönen Insel Saint Lucia. Was noch?"

In Ordnung. Das hat Spaß gemacht. „Ich bin nicht dran. Du."

„Du hast meine Liste gesehen."

„Aber ich habe es nicht gehört. Diese verführerische Sache, die mit deiner Stimme vor sich geht, wird dir eine zweite Runde auf diesem Rücksitz bescheren. Ob der Fahrer hier ist oder nicht."

Sie biss sich auf die Lippe, fuhr sie mit ihrer Zunge entlang. „Sex-Tape. Damit ich mich nichtso alleine fühle, wenn du das nächste Mal unterwegs bist."

Er hatte Sex-Tape gelesen. Aber sie es sagen zu hören. Heilige Scheiße. Die Realität schlug zu und sein Schwanz richtete sich auf.

Zu schade, dass er nicht so schnell wieder einen Job hatte. Titan war mit ihm fertig. Zu Recht. Und er wollte keinem anderen Team beitreten, obwohl er sich nach dem Adrenalin sehnte und nichts anderes kannte, außer Jets zu fliegen und mit C-4 Gas umzugehen.

Aber ein Sex-Tape. Er meldete sich freiwillig für den Sex-Tape-Dienst, ohne Fragen zu stellen. Er würde sich in dieser Sekunde freiwillig melden. Ihr Gewicht verlagerte sich und er hätte aus seiner Haut kriechen können, weil er sie so sehr wollte.

„Habe ich dich verloren?" Sarahs sommersprossige Nase runzelte sich.

„Nein. Ich denke nur nach."

„Gib mir noch was, Brock."

Seile. Sex-Tapes. Und… „Heißer Karamell und Vanilleeis."

Sie biss in sein Ohrläppchen und leckte ihm dann den Hals entlang. „Jemand wird im Urlaub viel einkaufen gehen müssen."

Mit der alten Sarah hatte es immer Spaß gemacht. Mehr-Sarah brachte seine Welt zum Wanken. „Seil und Eiscreme. Vielleicht die besten Dinge, für die du mich je in den Laden geschickt hast."

Der Hummer fuhr zu einem Resort und wand sich zum vorderen Empfangsbereich. Der Concierge könnte ihm helfen. Er würde vielleicht etwas komisch auf seine Einkaufsliste schauen, aber Brock hatte nicht vor, Sarah für lange Zeit alleine zu lassen. Das Hotel war so gut, dass sie bekamen, was sie wollten, ohne danach zu fragen. Und es waren nur Erwachsene. Vielleicht war der Concierge schon einmal nach einem Seil, Eis und einer Videokamera gefragt worden?

Ein Page hatte ihre Taschen entladen. Brock schlängelte sich zur Rezeption und wusste genau, wie die nächsten Stunden ihres Inselaufenthaltes verlaufen würden.

„Ich checke ein. Reservierung unter Gamble."

Von hinten schlang Sarah ihre Arme um seinen Oberkörper und lehnte sich gegen seinen Rücken. Es fühlte sich gut an, sie bei sich zu haben, entspannt und unbelastet von der Vergangenheit. Er schlang seine Handflächen über ihre Unterarme und bedeckte die Handfesseln unter seinem Bauch.

Die Frau hinter der Theke schob ihm Zettel entgegen. „Mr. Gamble. Sie haben mehrere Notfallmeldungen von einem Mann namens Jared Westin erhalten."

KAPITEL SIEBEN

B ROCKS MAGEN SANK. Notrufe? Plural? Jared war für ihn wie einen Bruder. Ein *entfremdeter* Bruder – und das machte Brock zu schaffen –, aber er konnte nichts tun, um das zu ändern. Jared war sicher sauer, dass Brock nicht an sein Handy gegangen war. Es lag zu Hause, nachdem es wochenlang nicht aufgeladen worden war.

Noch immer an der Rezeption stehend, hatten sich Sarahs um ihn geschlungenen Arme um seinen Oberkörper angespannt. Das Letzte, was Brock brauchte, war, dass sie erstarrte und einen Backflash hatte. Er wusste nicht, was ein Auslöser sein könnte, aber die Worte *Jared* und *Notfall* klangen so, als ob sie es sein könnten. Sie trat zur Seite, mit großen Augen. „Es können nicht die Kinder sein. Sie sind bei meiner Mutter. Aber ich rufe an und überprüfe es noch einmal."

Nein. Es würden nicht die Kinder sein. Wenn seinen Kindern etwas passiert wäre, wäre Jared in einen Lear-Jet gesprungen und hätte ihren Linienflug nach Saint Lucia überholt. Er hätte es Brock von Angesicht zu Angesicht gesagt. Jared war ein Arsch, aber er hatte Stolz und Ehrgefühl.

„Ich muss ihn nicht zurückrufen." Obwohl, welche Umstände würden Jared dazu bringen, ihn aufzuspüren und den Hörer abzuheben? Wie auch immer. Das spielte keine Rolle. Brock war hier, um seine Ehe wieder aufzufrischen und wieder aufzubauen und um sicherzustellen, dass seine Frau wieder nach Hause kam.

Ihr Kopf neigte sich. „Du kannst einen Notruf nicht ignorieren."

„Sicher kann ich das. Der Typ gibt mir wahrscheinlich nur eine Vorwarnung." Er unterbrach sich selbst. Er wollte etwas über Vergeltung sagen, aber das würde Sarah und ihrer PTBS nicht helfen.

„Eine Warnung für... Ich weiß nicht."

„Dann ruf ihn an."

„Nee." Brock schüttelte den Kopf und zog sie näher an sich. „Es wird nichts Gutes dabei herauskommen, und ich bin hier bei dir. Für uns."

Sarah trat an den Schalter des Resorts. „Ich nehme die Nachrichten entgegen. Er wird uns einchecken."

Das Mädchen hinter der Theke lächelte unsicher. Jared hatte ihr wahrscheinlich mit jedem Anruf Angst eingejagt und wenn Brock nicht halbwegs daran interessiert war, die Anrufe zu beantworten, könnte man ihr die Schuld geben. Ich kann das arme Mädchen nicht der *Laune* des Boss Manüberlassen. „Gut."

Ein paar Minuten später waren sie in einer protzigen Suite und weder das Seil, noch die Eiscreme auf seiner Einkaufsliste würden bald zum Einsatz kommen. Sarah ging auf und ab. Sie hatte das Zimmer gesehen, wusste die Großartigkeit von allem zu schätzen, aber ihr Verhalten hatte sich verändert, dank dem verschissenen Jared.

„Also, willst du…" Er zuckte mit den Schultern. Pool. Whirlpool. Eiscreme. Wo wollte er das Gespräch hinführen, wenn die Stimmung eindeutig vom Chef-Honcho der Titan-Gruppe aus tausend Meilen Entfernung ermordet worden war?

„Ruf ihn an." Sie schlug mit den Händen auf ihre Hüften und ragte ihm ein unnachgiebiges Kinn entgegen. „Ich bin besorgt. Neugierig. Um Himmels willen, Brock. Mehrere Notfallmeldungen. Ruf ihn an."

„Wir sind nicht unter den besten Bedingungen auseinandergegangen." Er rieb sein Gesicht mit einer Hand und starrte auf das Hotelzimmertelefon, in der Hoffnung, dass es in Flammen aufgehen würde. Aber solch ein Glück hatte er nicht und Sarah hatte recht. „Gut."

Er fiel auf das Bett und sie schloss sich ihm an. Zentimeter voneinander entfernt, aber in Gedanken meilenweit. So hatte er sich ihre ersten Momente im Bett in Saint Lucia nicht vorgestellt.

„Ruf ihn an", forderte sie erneut. Da war dieser Biss auf ihre Lippe. Kein Hauch von Erregung oder Vorfreude in ihrem Gesicht, es waren ihre Nerven.

Er zwickte die Augen zu und nahm den Hörer ab. Ein paar Hiebe auf die Tasten später und Brocks internationaler Anruf in die Titan-Zentrale klingelte in seinem Ohr. Er benutzte eine verschlüsselte Nummer, die sich mit Jareds Büro verbinden würde.

Wenn es einen Notfall gäbe, wäre der Bastard vielleicht nicht da. Vielleicht wollte Jared ihm wirklich eine Vorwarnung geben, dass die Zeit gekommen war, und selbst wenn Brock im Urlaub war, es auf ihn abgesehen hatte.

Ein unbekanntes Unbehagen führte zu einem flauen Gefühl in seinem Magen. Sarahs Blick war erstarrt, sie blinzelte kaum. Brock war nicht der Typ, der zum Grübeln neigte, aber im Moment tat er es. Vor Wochen war alles so normal gewesen. Jared war sein Freund. Sein Mentor. Sarah war süß und unschuldig. Es bestand noch kein Grund, die Ratgeber Abteilung der Buchhandlung zu besuchen. Eine Entführung hatte alles verändert und er hatte es nie kommen sehen. Was hatte er diesmal übersehen?

„Brock", bellte Jared, als er die Leitung aufhob. Das war nichts Ungewöhnliches, außer dass die Spannung zwischen den beiden Männern spürbar war.

„Jared."

Er gab einen tiefen Seufzer von sich, in dem ein Stück Vertrautheit mitschwang. „Ich habe ein Problem. Offensichtlich bist du der Letzte auf dem Planeten, den ich anrufen wollte. Aber alles ist so schnell passiert, ich hatte keine andere Wahl. Keine. Außer dir, Arschloch."

Der einzige Grund, warum Jared so lange an der Leitung blieb war, dass er keine andere Wahl hatte. Er würde nicht um Hilfe bitten, wenn er ein Problem mit dem Vertrauen hatte. Es musste ein Problem der höchsten Alarmstufe geben, weshalb Differenzen vorübergehend ignoriert wurden.

„In Ordnung…" Scheiße, Brock hätte ihn fast *Boss Man* genannt. „Lass hören."

Lange Pause. Jared zögerte nie. Das sprach Bände und fühlte sich an, als würde man ihm mit einem Messer den Bauch aufschlitzen. Wie konnte er Titan verraten haben? Sarah fing seinen Bick. Ganz ruhig. Für seine Familie würde er jeden ausschalten.

„Verdammt", knurrte Jared. „Ich habe keine Wahl."

Er nickte, denn er kannte diese Schlampe eines Gefühls. „Schau, Mann. Nichts ist so gelaufen, wie es hätte sollen. Was mir leidtut. Aber es tut mir nicht leid, was ich getan habe, sondern wie ich es getan habe. Falls es das ist, was du das hören wolltest." Es musste gesagt werden. Ich habe es hinter mich gebracht und es erledigt.

Sarah lächelte ihn an und streichelte sein Knie. Unerwartet, aber geschätzt. Er wartete auf Jareds Antwort. Fragte sich, wie es ablaufen würde. Vielleicht sollte Brock ihn beglückwünschen, dass er unter die Haube gekommen war? Sugar war perfekt für den *Boss Man*. Was spielte es für eine Rolle?

Und was wollte er eigentlich? Einen Job annehmen, während er auf Saint Lucia war?

Nein. Ganz und gar nicht.

Sein einziges Ziel sollte seine Frau sein. Aber ein gewohnter Adrenalinschub schnellte durch sein System. Er versuchte, es zu unterdrücken. Konzentrierte sich auf Sarah, aber die Stimmen im Hinteren seines Kopfes riefen ihm all die Möglichkeiten zu: Es gab ein Zeichen, ein Ziel, jemanden oder etwas, das er annehmen oder ausschalten konnte. Black Ops flossen in seinem Blut. Es war ein Spiel. Es war dringend…

Was würde Brock tun, wenn sie in ihre reale Welt zurückkehren würden? Sich einen Job in einem Büro suchen? Eine Stechkarte anstelle von bösen Kerlen stanzen?

Jared räusperte sich. „Es gibt einen Sexhändler, der sich die jugendliche Tochter eines Kunden vor einem Strand in Barbados geschnappt hat. Wir wissen sehr wenig über diesen Händler, abgesehen von seinem Ruf – wenn wir dieses Mädchen heute verlieren, ist sie ein verlorener Fall. Die Satellitenbilder deuten darauf hin, dass es ein geheimes Wartelager auf Saint Lucia gibt. Sie wird weniger als acht Stunden dort sein, wenn unsere Informationen stimmen und der Countdown tickt bereits. Du bist ihre einzige Chance."

Brock blickte Sarah an. Er konnte nicht nein sagen, keine Chance. Die Dinge, die auf den ausländischen Sexsklavenmärkten geschahen, reichten aus, um einen erwachsenen Mann zum Erbrechen zu bringen. Er hatte genügend Freaks ausgeschaltet, genug Opfer gerettet, um zu wissen, dass der Tod manchmal die bessere Option ist. Die Antwort war einfach. „Alles klar. Ich bin dabei."

Sarah hob die Augenbrauen. Ihre Lippen kniffen sich zusammen und Brock wusste nicht, ob es sich dabei um Sorge oder Wut oder etwas anderes handelte.

Jared stieß einen scharfen Atemzug aus. „Scheiße. Danke."

„Sag mir, wie es laufen soll."

„Ich habe dort unten niemanden vor Ort. Nur wenige Verbindungen und sie können dich nur kurzfristig bewaffnen. Keine Unterstützung. Nichts."

„Verstanden."

„Wenn du in Schwierigkeiten gerätst, kann ich nichts tun. Es gibt keine Möglichkeit, dich rauszuholen. Das hat nichts mit dir und mir, dir und Sugar zu tun. Hat nichts mit Titan zu tun. Hast du das verstanden?"

„Ich weiß."

„Das bedeutet nicht, dass das zwischen uns geklärt ist."

„Das habe ich mir gedacht. Ich bringe das Kind in Sicherheit. Titan kann es von dort aus übernehmen." Weil er kein Titan mehr war. Brocks Brust wurde enger. Ein trauriger Schwall von erbärmlichem Verlust wirbelte tief in seinem Bauch.

Sarah sprach, „Kind?"

Er nickte, hielt einen Finger hoch, um ihm eine Minute zu geben.

„Bist du bereit für die Details?"

Brock suchte nach Stift und Papier. Das war das rudimentärste Briefing, das er je erlebt hatte. Keine Satellitenbilder von Parker. Keine GPS-Koordinaten zur Standortbestimmung oder Informationsbesprechungen, die per Touchscreen heruntergeladen werden können. Er ging vom Nachttisch in Richtung Schreibtisch, aber der Haken am Telefonkabel hielt ihn auf. Ein hartes Lächeln entkam und er schüttelte den Kopf. Das war buchstäblich die geringste Menge an Technologie, die er je bei einer Rettungsaktion eingesetzt hatte. Er hielt ein Telefon in der Hand, das an einem Kabel hing, das an einer Wand befestigt war.

Brock ging zum Schreibtisch. „Kannst du mir den Block und den Stift geben?"

Sie bewegte sich schnell und kehrte zum Bett zurück. „Hier."

Er sank neben sie, bereit, taktische Notizen auf korallenfarbigem

Papier mit Sonnen- und Strandlogo aufzuschreiben, während Sarah über seine Schulter starrte. „In Ordnung. Geh."

SARAH HÖRTE ZU und beobachtete und erkannte, dass sie noch nie so viel über die Arbeit ihres Mannes gehört hatte. Ihr Verstand raste und fragte sich, was es sein könnte, das mehrere Telefonate erforderte und auf ein *Kind* verwies.

Brock starrte auf seine Notizen. Sie konnte sich daraus nicht viel zusammenreimen. Zahlen. Vielleicht ein Code für eine Adresse? Nichts, was erklärte, was ihr Gespräch zu bedeuten hatte. Sie hatten eine unausgesprochene nichts fragen, nichts sagen, Vereinbarung. Als sie ihn aber nun sah, mit seinen angespannten Kiefermuskeln und seiner Stirn in Furchen, verkörperte Brock pure Intensität. Mehr als ein Mann. Größer als das Leben. Sie biss sich auf die Lippe, immer noch sehr besorgt über das, was geschah, und merkwürdig interessiert an der Idee, was ihr Angst machte.

Nein. Sie war nicht interessiert. Das war lächerlich. Wenn es einen Notfall gab, geschahen schlimme Dinge. Jemand hatte gelitten. Jemand könnte verletzt worden sein. Brock hatte von einem Kind gesprochen. Sie hatte die Nachwirkungen dessen, was er für seine eigenen Kinder geopfert hatte, miterlebt. Aber nie hatte sie gesehen, wie er seine Arbeit tat. Vor einer Stunde war er nur geballter Sex und Testosteron in einem heißen Mann. Nun war er nur noch Alpha und tödliche Härte, obwohl sich an seinem Äußeren nichts geändert hatte. Doch es war so.

Die Luft war aufgeladen. Ein Kribbeln von Angst und Sorge schlich über ihre Haut. Sie verlagerte sich, aber das unbequeme Gewicht des Raumes milderte den Druck auf ihre Schultern nicht.

„Engel." Er blickte auf, ein wirklich zerrissener Ausdruck, der über seine Wangen und Augen gespannt war. Sein Kiefer blieb steif, sein Mund verdünnte sich zu einer schmalen Linie. „Ich weiß, dass es bei dieser Reise nur um dich und mich geht und ich erwarte nicht, dass du es verstehst. Aber ich muss los. Komme wahrscheinlich heute Abend spät zurück, vielleicht morgen."

Sie erwartete, dass ihr Herz sinken würde, erwartete Panik, die sie ersticken würde, aber die Neugierde ließ es nicht zu. „Was ist der Notfall? Du sagtest ein Kind?"

„Die Scheiße, aus der Albträume gemacht sind. Wenigstens meine." Er schüttelte den Kopf. „Ich könnte nicht mit mir selbst leben, wenn ich diesen Job nicht annehmen würde."

„Brock…" Sie war sich nicht sicher, was sie sagen sollte. Es war nicht, *geh nicht*. Denn wenn ein Kind Hilfe brauchte, stand es ihr dann zu, nein zu sagen? Und wenn sie ihren durcheinandergewürfelten Gefühlen zuhörte, fand sie darin mehr als nur ein bisschen Stolz. Er half den Menschen. Rettete Leben. Er hatte die bösen Kerle ausgeschaltet.

Aber dann kam die kalte Panik und fiel ihr in den Rücken. Sie hatte gewusst, dass es passieren würde. Böse Jungs waren das Problem. Nicht nur, dass ihr Mann verletzt oder sogar getötet werden könnte, sondern… sondern auch dieses erstickende Gefühl, überwältigt zu sein. Diese Anspannung und dieser Stress. Ihre Kehle war trocken, sie versuchte zu schlucken und hatte plötzlich total vergessen, wie man atmete.

Brock fuhr mit den Händen über seine Oberschenkel und sah dann aus dem Fenster. Die Sonne ging über dem Wasser unter. „Ich muss es tun."

Er stieg vom Bett und zog sie hoch und in eine Umarmung. Sie konnte ihre Muskeln nicht bewegen. Sie hatten sich in Beton verwandelt und versank im Boden. Ertrank in ihren Sorgen, ihren Erinnerungen. Aber er wusste es nicht. Vielleicht hatte er sich Sorgen um ihre Reaktion gemacht, aber durch seine verkapselnde Umarmung konnte er nicht erkennen, dass Furcht und Angst die Kontrolle über ihren Geist und ihre Gliedmaßen übernommen hatten.

„Engel? Sarah? Alles in Ordnung?"

Nein. Es ging ihr nicht gut. Aber sie brachte die Worte nicht heraus.

Ihr Herz raste schrecklich und sie fühlte sich heiß um ihren Hals, ihre Brust, sie… Sie japste nach Atem.

„Sarah?" Brock hielt sie mit ausgestreckten Armen.

Oh, nein. Sie würde ohnmächtig werden. Der Raum kippte. Ihre Zunge wurde dick und bewegte sich nicht von selbst, sie fühlte, wie ihre

Beine nachließen und ihr Mann sie auf einen Stuhl setzte. Er glättete ihr Haar, sagte ihr, sie solle atmen. Sagte ihr, sie solle ihm in die Augen sehen. Konzentriere dich auf ihn.

Und das tat sie.

Er war unerschütterlich in seiner Stärke. Stark, solide und zuverlässig.

Ein Atemzug schwebte in ihre Lungen. Gefolgt von einem weiteren. Und noch einem. Sie bekam den Dreh wieder raus, blinzelte ihre Reaktion fort, ihre Verlegenheit, ihre unvergossenen Tränen.

„Es tut mir leid. Ich wollte nicht…" Ihre Stimme brach- sie konnte ihre Entschuldigung nicht zu Ende bringen.

„Keine Sorge." Er streichelte ihr Haar und glättete es hinter ihren Ohren. „Ich gehe nirgendwo hin, Engel. Es ist in Ordnung. Du bist meine Welt. Du und die Mädchen. Das war's."

Schuldgefühle drückten die Galle in ihrem Magen nach oben. Brock hatte von einem Kind gesprochen. Sie wollte weder ihre egoistischen Reaktionen noch sein Mitleid. Ihr Kopf zitterte und löste die Haare, die er von ihren Wangen gesteckt hatte. „Aber es ist ein Notfall. Und ein Kind."

Er sank in die Hocke zwischen ihren Knien und starrte sie an. „Ist mir egal."

„Sag es mir."

„Sage dir was?"

„Was ist der Notfall?"

„Das ist das Problem eines anderen, Engel."

Sein Gesicht log, während er sein Bestes tat, um sie mit beruhigenden Worten und tröstenden Gesten zu überzeugen.

„Ich bin stärker als das hier." Sie atmete durch die Nase ein, durch den Mund aus und kanalisierte jedes Yogavideo, das sie je besessen hatte. Das Wort *Kind* hallte in ihrem Kopf. „Erzähl mir den Notfall. Was wolltest du tun? Wo wolltest du hingehen? Ich werde nie heilen, wenn ich vor den Herausforderungen davonlaufe."

„Sarah, wir beseitigen solche Herausforderungen. Ich werde nicht mehr in dieses Feld gehen, wenn es das mit dir macht. Ich kann nicht. Und werde es nicht. Wenn ich nur daran denke, was gerade mit meiner Frau passiert ist. Verdammt nochmal, nein."

„Was hat Jared dich gebeten zu tun?" Ihr Kopf hämmerte. „Bitte, ich muss es wissen."

Er schüttelte den Kopf. „Zum Teufel, nein. Ich kann es nicht tun. Lass mich die dunklen Dinge regeln und-"

Sie fasste seine Hände und drückte sowohl um Details zu erfahren, aber auch um ihm ihre Unterstützung zu demonstrieren. „Ich gehe vom Schlimmsten aus."

„Du kannst dir das Schlimmste nicht vorstellen. Lass es gut sein. Du musst nichts über die Dinge wissen, die ich weiß. Ich will dich beschützen. Ich muss. Verstehst du das nicht?"

Eine Welle der Leidenschaft wogte in ihre Brust und materialisierte sich durch ihre Arme und Fäuste. Sie schob ihn zurück und stand auf. „Hör auf, mich zu beschützen."

„Aber-"

„Erzähl mir von dem Notfall, Brock. Sag es mir, ich muss es wissen. Weil ich die Tricks, die mein Verstand spielt, in den Griff bekommen will. Weil wir irgendwo anfangen müssen und das kann genauso gut heute sein. Jetzt sofort."

Sein Körper wurde starr. „Verdammt noch mal." Er ließ seinen Kopf zurückfallen und scannte die Decke ab, dann ging er durch den Raum. „Ein Mädchen, nicht zu viel älter als unsere Mädchen, wurde von einem Sexhändler entführt, der den Ruf hat zu verschwinden. Sobald er sein Produkt hat, sind die Mädchen weg. Aber es gibt eine Chance... ein schmales Fenster und ich kann infiltrieren und sie rausholen. Keine guten Chancen, aber das Beste, was das Kind hat. Ich hätte keine Verstärkung. Keine zusätzlichen Augen, Ressourcen, keine Gadgets. Nur ein paar lokale Hardware-Waffen, die ich von einem dritten Kontaktmann bekommen würde." Er ging wieder auf und ab. „Das ist der Notfall."

Ist es das, was er getan hat, als er sein Zuhause verlassen hat? Er hat Kinder gerettet. Er interagierte mit Abschaum. Hatte aufgeräumt. Sie hatte es immer gewusst, auch wenn er es nie ausdrücklich gesagt hatte. Nicht, dass sie sich das Szenario hätte vorstellen können, das er gerade geschildert hatte, aber trotzdem. „Das ist die Tochter von jemandem."

Er hob sein Kinn an und kniff sich dann die Augen. „Ja, das Kind von jemandem."

Auf keinen Fall würde sie Brock zurückhalten. Gefährlich, ja. Aber wenn das ihre Mädchen wären… Sarah konnte nicht der Grund dafür sein, dass ein unschuldiges Mädchen durch das Böse verloren ging.

Sie atmete tief durch. „Nimm mich mit." Warte, wo war das hergekommen? Aber es machte Sinn. Er sollte nicht allein sein und sagte gerade, dass er niemand anderen hat. Nun, Brock hatte sie. „Ich werde deine Augen und Ressourcen sein. Sag mir, was ich tun soll und ich werde es tun."

Ein hartes, hustendes Lachen antwortete ihr. Seine Augenbrauen schossen nach oben, seine Augen weiteten sich. „Auf keinen Fall, Engelchen. Willst du mich verarschen?"

„Ich werde dir nicht zur Last fallen. Ich werde dich nicht aufhalten." Sie machte einen Schritt nach vorne, plötzlich war sie sich sicherer denn je zuvor, was sie wollte. „Nimm mich mit."

„Du kannst keine Waffe feuern."

„Zielen und abdrücken. Ich habe es im Fernsehen gesehen."

„Du hast den Verstand verloren." Er hatte sich wieder zurückgezogen. „Die Antwort ist nein. Keinesfalls. Auf absolut gar keinen Fall."

Sie trat wieder zu ihm. „Was wird mit dem Kind passieren?"

„Das Kind?" Schatten verdunkelten seine rauchigen Augen.

„Ja, Brock. Das Kind. Jemand wird sie kaufen? Gibt es einen Auktionsblock? Alte Männer, die auf sie bieten? Vielleicht ist es eine Online-Sache? Ich weiß nicht, wie diese Dinge funktionieren. Aber du schon."

„Sarah", er explodierte. „Genug."

„Was passiert mit ihr? Tag eins, wird sie von einem kranken Arschloch erst mal gefügig gemacht? Oder muss sie warten, verängstigt und ohne zu wissen, was für schreckliche Dinge mit ihrem Körper geschehen werden?"

„Sarah! Hör auf, verdammt noch mal."

„Ich wette, sie hat Angst. Sie ruft nach ihrer Mutter. Ihrem Daddy. Irgendjemanden, der kommt, um sie zu retten. Und das bist du, Brock. Du bist der Einzige. Du bist der Retter, ihr Superheld. Nur weil ich ausgeflippt bin, nur weil du und Titan euch getrennt habt, ändert das nichts daran, dass du sie vor diesen unmenschlichen Kreaturen retten wirst. Und ich werde dir helfen, so wahr mir Gott helfe." Tränen strömten über ihr Gesicht. „Jetzt! Was werden wir dagegen tun?"

KAPITEL ACHT

B ROCK GING NICHT nur ohne seine Spaß-Einkaufsliste am Schalter des Concierge vorbei, er tat dies mit seiner Frau im Schlepptau, auf dem Weg zu einem karibischen, mit Waffen handelnden, Freund eines Freundes. Weit entfernt von dem, was er eigentlich tun wollte.

Noch nie in seinem Leben war er so schlecht auf ein Treffen vorbereitet gewesen. Er war jemand der Regeln befolgte. Einer der den Vertrag durchsetzte. Wann immer Jared eine Idee hatte, die sich hart an der Grenze zwischen fragwürdig und geradewegs illegal befand, hatte Brock doch immer ein Schlupfloch gefunden, das ihnen etwas mehr Spielraum ließ. Er hatte nicht einmal eine Einsatzhose dabei. Er trug Jeans und seine Frau trug das längste Paar Hosen, weiße Capris, und pinkfarbene Turnschuhe. Zumindest hatte er es geschafft ein anständiges Fahrzeug zu organisieren. Der schwarze Hummer wartete auf sie vor der Türe des Hotels.

Er legte seine Hand auf den Griff der Beifahrertüre, aber öffnete sie nicht. „Bist du dir sicher?

Sarah nickte ihm bestimmt zu.„Ja, mehr als sicher.“

Natürlich war sie das… Das war eine grauenvolle Idee.

Er riss die Tür auf, hob die brünette Sexbombe auf den Beifahrersitz und reichte Sarah den Anschnallgurt, denn das war so ziemlich das einzige, was er zur Sicherheit ihres Abenteuers beitragen konnte.

Er sprang hinein und jagte die abgeflachte Straße entlang. Er wich freilaufendem Vieh aus, das ohne Zäune oder Baumstämme eingepfercht zu sein, auf den Seitenstraßen herumlief, auf dem Weg zu ihrem fragwürdigen Ziel. Brock hatte keine eine einzige Waffe an sich. Ohne einen Vorrat an Titan-Zubehör in seiner Tasche. Das einzige, was er sich geschnappt hatte, waren ein paar Steakmesser vom Restaurant auf dem Weg zum Hummer.

„Bist du nervös?" Sarah wand sich ihm zu.

Nervös? Nein. Auf keinen Fall. Er war noch keinen Tag in seinem Leben nervös gewesen. Aber ihr kleiner rosa Tennisschuh, der auf den Boden tippte, brachte seinen Bauch dazu seinem Ego ins Gewissen zu reden.

"Scheiße, ja, Engel. Nervös trifft ziemlich genau, wie ich mich fühle. Ich mag das nicht." Er stoppte vor einer Hütte. *Ob das der richtige Ort war?* Es passte zu der Beschreibung, die er bekommen hatte. Ein kleiner, dunkelhaariger Mann trat aus der strohgedeckten Tür und entsprach den Angaben, die er von Jared bekommen hatte. Brock konnte nur nicht die Narbe in seinem Gesicht sehen, oder die leblosen Augen, von denen Jared gesprochen hatte, die Location schien aber die richtige zu sein. „Du bleibst im Wagen." Sarah drehte sich in ihrem Sitz und sah sich die Umgebung an. Dichte, Dschungelvegetation. Sehr grün. Sehr laut mit Geräuschen aller möglichen Vögel und anderer Tiere. Die Fenster waren dunkel getönt und niemand konnte ins Innere schauen, aber dennoch wollte er nicht, dass sie gesehen wurde. Oh Scheiße. Er rieb sich die Schläfen. Was war das beste, was er jetzt gerade zu bieten hatte. Jesus.

„Ich kann auch rausspringen. Ich habe keine Angst."

Sie hatte wahrscheinlich schreckliche Angst, aber dieses *keine Angst* war seinetwillen Sie versuchte ihn zu beruhigen. Großartig. Er spürt seine Rolle als Beschützer im Moment in keiner Weise. „Darum geht es nicht. Halte dich von illegalen Waffenhändlern fern. Fürs Erste. Er rang sich ein Lächeln ab. Ein kleiner Scherz. Etwas, dass seine Laune aufhellen und sie zum Lachen bringen sollte. Aber weder das eine noch das andere funktionierte. „Verriegle die Tür. Ich bin in einer Minute zurück."

Sarah im Hummer zu lassen, mit einem Hotel Steakmesser in der Hand, half nicht gerade, die Panik in seiner Brust zu lösen. Als er sich seinem Waffenhändler Freund näherte, konnte er immer besser die Narbe und seine Augen erkennen. Der Mann, mit dem er sich traf, war ein typischer Fall. Beinahe als würde er ihn kennen. Der Typ, mit dem er regelmäßig Geschäfte machte, was aber nichts an der ihn belastete.

„Guter Mann," grüßte Brock den alten Dead Eyes.

Nichts kam zurück. Nur ein Nicken. In Ordnung für Brock. *Legen wir los und nehmen diesen Laden auseinander.* Die Wände der Hütte bestanden aus unterschiedlichen Spanholzplatten. Das Licht kam durch die Fenster, der Boden war Erde und der Tisch war klapprig. Aber auf diesem Tisch— Brock lächelte,—da lag eine Auswahl hübscher Mädchen. Leistungsstarke Gewehre. Schnell schießende Handfeuerwaffen. Glänzend vor der Liebe und Sorgfalt, die man von einem Waffenschmuggler erwarten konnte, dem Titan vertraute.

„Darf ich?" Er deutete auf das mit Laser-Visier und Nachtsichtgerät ausgestattete Sturmgewehr.

Dead Eyes nickte wieder und wischte mit der Hand über den Tisch. „Nur das Beste für Titan."

Es traf ihn wie ein Faustschlag. Jedes Mal, wenn er a Titan dachte, erfüllte es ihn mit einem Schmerz.

„Ich weiß es zu schätzen."

Seine Finger glitten über die Waffe. Glatt. Hart. Brock schnappte sie sich und überprüfte alle Teile und jedes Stück. Lud und entlud. Testete die Sicht. Fühlte die Balance.

„Die hier passt."

Er wählte noch ein paar andere kleinere Waffen aus, die er in seinen Bund stecken und an seinen Oberschenkeln befestigen konnte und griff nach der dazugehörigen Munition. Neben dem Tisch standen Kisten. „Was ist da drin?" Dead Eyes gab ihm mit einem Nicken die Erlaubnis den Deckel zu öffnen. *Taschenlampen.* Obwohl er mehrere vage Pläne in seinem Kopf abgewogen hatte, wie er ein Haus übernehmen würde, das er noch nie gesehen hatte und keine Pläne existierten, war Brock nicht wirklich viel eingefallen. Aber mit Taschenlampen, konnte er arbeiten. Er hob mehrere auf und steckte sie unter seinen Arm.

„Ich glaube, ich habe jetzt alles."

Dead Eyes hatte nicht viel zu sagen, aber bot ihm eine leere Kiste an, um seine neu erstandene Ware zu tragen. Keine Ahnung, wer dieser Mann war, aber er hatte sein Beste angeboten, was ziemlich gut war und Brock stand in seiner Schuld.

Sein Plan nahm langsam eine vage Gestalt, als er zum Auto ging und Sarahs Gesicht im abgedunkelten Fenster sah. *Was soll ich mit Sarah machen?* Als Brock in die Kiste schaute, konnte er sich nicht vorstellen, dass eine der Waffen, so einfach schoss, wie sie es im Fernsehen taten. Er sah sich um und sah wie Dead Eyes in anstarrte.

„Haben Sie etwas… zur Verteidigung? Zielen und feuern. Nichts Besonderes. Sehr zuverlässig."

Dead Eyes sah über Brocks Schulter, in Richtung Hummer. Der Mann hob seine Augenbrauen, neigte seinen Kopf und stellte seine Frage, ohne dabei ein Wort zu sagen.

„Ja."

Brock hasste es zuzugeben, dass Sarah in dem Fahrzeug saß. Aber er hatte den Motor angelassen und Dead Eyes schien, auch wenn er nicht gerade sehr gesprächig war, kein Detail zu übersehen. „Für sie." Auf blanken Fersen machte Dead Eyes kehrt und ging ins Hintere der Hütte zurück und Brock folgte ihm. Nachdem er eine Schublade geöffnet und dann ein Tuch ausgepackt hatte, gab sein Waffenhändler Brock eine einfache Glock. Ein Magazin mit einer Kapazität von zehn Schuss. So Gott wollte, mehr als Sarah je brauchen würde. Leicht. Sie würde gut in ihre Hand passen und hatte den Ruf, sehr zuverlässig zu sein – eine vertrauenswürdige Waffe.

„Dafür schulde ich dir was."

Dead Eyes Mundwinkel hob sich. Vielleicht ein Grinsen. Vielleicht nur eine Bestätigung. „Sei vorsichtig." Das war der Schwerpunkt von Brocks sich schnell entwickelndem Plan. Rette seine Ehe. Dann rette das Mädchen. Und pass auf deine Frau auf.

KAPITEL NEUN

DIE SONNE SANK in einem letzten, feurigen Hauch der über dem Meer, während Brock weiter weg vom Ferienort Saint Lucia manövrierte. Es war ein langer Tag gewesen, der noch nicht zu Ende war. Strahlende, Diamanten ähnliche Sterne zierten den Himmel und alles hätte so perfekt sein können, wie sie eine kurvenreiche Straße entlang fuhren, Sarahs Hand auf seiner, wären sie nicht gerade auf dem Weg zu seiner Definition von Hölle.

Brock wettete, dass Mia seine Entscheidung, Sarah in den Job reinzuziehen, für keine gute Idee hielt. Mia würde sagen, dass er seine traumatisierte Frau nicht in eine Situation bringen sollte, die Waffen und ein Entführungsopfer beinhalteten. Jeder würde das sagen, Trottel. Es brauchte keinen Therapeuten, um zu wissen, dass dieses Abenteuer zu nah an dem sein könnte, was Sarah gerade durchlebt hatte.

„Ich bin ein beschissener Ehemann", murmelte Brock und versuchte, alles zu ignorieren, was Mia ihm vorwerfen würde.

„Was? Eine romantische Fahrt. Abendessen unter den Sternen." Sarah drückte seine Hand. „Was gibt es daran nicht zu lieben?"

Von wegen Abendessen. Er schnappte sich Proteinriegel und Powerade aus einem Lebensmittelgeschäft, als sie den Hummer aufgetankt hatten, bevor sie in ein verlassenes Gebiet fuhren und Brock ihr die Grundlagen des Zielens und Abfeuerns beibrachte. Das witzige war, dass sie es beim ersten Mal schon verstand. Nicht tadellos zentrierte Genauigkeit, aber sie schlug sich gut, mit einer anständigen Haltung und festem Griff und verstand sie seine Strategie für ihren Job. Sarah hatte grundlegende Fragen über ihre Manöver und den Umgang mit taktischen Anpassungen gestellt.

„So…" Sarah ließ seine Hand los und drehte sich in ihrem Sitz. Ihr

Sicherheitsgurt blieb an, Gott sei Dank. Es war immer noch die einzige wahre Sicherheitsmaßnahme, die in die heutigen Pläne eingeflossen war.

„Und?" Vielleicht hatte sie kalte Füße bekommen. Er könnte sie irgendwo in der Nähe des Hauses des Schleppers verstecken. Sarah bewaffnet zu verlassen und in einem Graben zu setzen, war viel besser, als sie in Gefahr zu bringen. Vielleicht waren Sarahs Nerven und Panik zu schlimm. Er wollte nicht, dass sie einen weiteren Ausbruch erfuhr, aber er würde den Vorteil nutzen, wenn die Situation es zuließ.

„Wenn die Mädchen und ich nach Hause kommen…"

Er schüttelte schnell den Kopf. „Du willst darüber reden? Jetzt?" Sein Griff auf das Lenkrad wurde fester. Er musste sich auf den Job konzentrieren, auf die Sicherheit von Sarah. Dann konnten sie in die Zukunft blicken.

Sie ignorierte ihn. „Wenn wir nach Hause kommen, möchte ich die Mädchen in einer normalen Schule anmelden, so wie sie es jetzt sind. Sie genießen es und gedeihen."

„Schön zu hören, aber das ist nicht die beste Zeit, um über Schulen zu diskutieren."

Zögern. Das war sein Fehler. „Engel, warum bleibst du nicht hier? Setz dich auf den Fahrersitz. Ich hole das Mädchen. Es wird ganz einfach. Wir kommen raus. Du wirst der Fluchtfahrer sein." *Das klingt abenteuerlich, oder?* Sarah könnte ihr Verlangen nach Abenteuer stillen, Teil der Rettungsaktion sein, und Brock hätte eine bessere Chance, dass sie es ohne einen traumatisierten Zusammenbruch nach Hause schaffte. Zum Teufel, er hätte eine bessere Chance, dass sie es lebend nach Hause schaffte.

„Hör auf, Brock." Sie verschränkte ihre Arme vor der Brust. „Ich komme mit dir mit. Du sagtest, du brauchst Verstärkung. Dass es mit einem Partner sicherer wäre. Ich möchte diesen Job für dich sicherer machen. Du hast mir gesagt, was ich tun soll und ich werde es tun. Ich kann mich nicht verstecken." Sie blickte aus dem Fenster und drehte sich um. Ihre kupferfarbenen Augen waren aus Stahl. „Werde ich nicht. Es ist ein Deal Breaker. Lass mich ein Teil davon sein. Lass mich dich bei der Arbeit sehen."

Bei der Arbeit? Noch vor Wochen hatte sie vielleicht eine Vorstellung von dem, was er tat, gehabt, aber nichts Konkretes. Jetzt setzte sie sich neben ihn und war bereit für den Einsatz. Seine Schultern hingen. Die Schwere der Ereignisse des Abends lastete auf seiner Brust und erstickte ihn. Er hatte diese Scharade lange genug mitgemacht. „Nein, das wird nicht funktionieren. Ich kann nicht riskieren, dich zu verlieren. Eine Million Dinge könnten passieren."

„Und du hast erklärt, wie wir mit diesen Problemen umgehen."

Er rieb sich die Stirn mit dem Handrücken. Der Schweiß an seinen Schläfen hatte nichts mit der Temperatur der Insel zu tun. Die Reaktion war hundertprozentig auf seine Nervosität zurückzuführen. „Dann werde ich den Job nicht machen…"

„Ich dachte, wir hatten bereits entschieden, dass du den Teenager retten wirst."

Heilige Scheiße, sie würden das wirklich tun. „Erinnerst du dich an unseren Plan?"

„Ja. Du bist es hundertmal durchgegangen, bevor wir hier ankamen."

Er saß weniger als eine halbe Meile von ihrem Einsatzort entfernt und erklärte es noch zum einhundert und ersten Mal, im Falle eines Falles. Aber sie gab ihm keine Chance. Als sie sich abschnallte, öffnete Sarah die Tür. Brock sprach ein Gebet und stürzte aus seiner Tür und spürte das Gewicht des Hummers, der auf seinem Rücken ruhte. Die Einsatz war zu hoch.

Er traf sie am Kofferraum, um ihr die Waffen zu geben. Sarah hielt ihre Glock, wie angewiesen, und nahm dann ihren Stapel Taschenlampen.

Die schwarze Nacht hat sie überwältigt. Sie hatten einige tausend Yards zwischen dem Standort des Hummers und ihrem ersten Bewertungspunkt. „Gib mir Deckung auf meiner Sechs."

„Sechs?"

„Sechs Uhr von mir aus gesehen. Hinter mir."

„Hinter dir" wiederholte sie. „Genau was wir besprochen haben."

Ja, er wiederholte sich. Sie hatte zugehört. Natürlich hatte sie das. Sarah war klug. Sie versuchte, sich nicht umzubringen.

Sie drängten sich durch das dicke Laub. Winzige Insekten summten und krochen über sie, als er sich dem Haus näherte. Keine Beschwerden und keine Reaktionen von Sarah, während sie Schritt hielt. Als seine Augen an die Dunkelheit gewöhnt waren, waren sie an ihrem Beobachtungsposten angelangt.

Brock stellte das Fernglas scharf. Das zweistöckige Haus war beeindruckend, aber im lokalen Stil gebaut. Das war ein Bonus. Es fiel ihm nichts auf, was als Hightech in der Überwachungsbereich angesehen werden könnte. Ein einfacher, 1,80 m großer Zaun verlief um das Haus herum. Ein paar Sicherheitskräfte gingen hinein und tauchten gelegentlich für eine Rauchpause draußen auf, aber sie schienen so, als würden sie es langsam angehen. Alles in allem war es ein unauffälliger, durchschnittlich geschützter Bunker. Brock hatte härtere Gebäude mit strengeren Sicherheitsmaßnahmen infiltriert.

Er legte seinen Arm um ihre Taille und zog sie näher heran. Er roch ihr Haar und flüsterte gegen ihre Wange: „Letzte Chance, Engel. Setz du dich ins Auto. Lass mich das alleine machen!"

Sie muss sich an seine strengen Anweisungen erinnert haben, nicht zu sprechen, und sie schüttelte den Kopf.

Okay, verdammt noch mal. *Lass es uns tun.* „Ich liebe dich."

Sie nickte wieder.

Na gut, okay. Sie folgte den Regeln, wie er es mehr oder weniger tat. Es ist an der Zeit, diese Mission als „erledigt" abzuhaken.

Er ließ sie mit dem Fernglas zurück und überprüfte den Umfang des Hauses, um seine ursprünglichen Annahmen zu bestätigen. Die Sicherheit war minimal. Die Schleppergruppe war entspannt und behandelte dieses Haus als sicheren Ort. *Definitiv ein Vorteil.*

Brock nahm Sarahs Hand in seine und sie näherten sich dem Gebäude, bis es an Zeit war, über eine offenen Wiese zu kriechen. Auf sein Zeichen hin reichte sie ihm das Paket, dass die Taschenlampen enthielt und kroch dann auf dem Bauch zu einer Reihe von Klimaanlagen.

Er ging zur Vordertür, stellte eine ferngesteuerte Sprengladung auf und duckte sich dann an einer Seitentür vorbei zu einer Heckenreihe. Nachdem er die Taschenlampen und dann ein paar Laser-Zielfernrohre entwirrt hatte, schob er sie in die Büsche und befestigte sie mit Zweigen und Ästen an Ort und Stelle.

Sie zeigten auf die Tür, er klickte sie an. Der Busch erleuchtete, gepunktet mit weißen Taschenlampenstrahlen und den roten Lasern der Zielfernrohre. Die Büsche leuchteten jeden an, der die Seitentür verließ. Es sah aus, als ob sich viele bewaffnete Männer in den Büschen versteckt hätten, mit ihren Zielfernrohren auf die Seitentür gerichtet. *Gut.*

Ein paar Sekunden später war Brock an Sarahs Seite und schob eine Mischung aus Papier und Müll in einen Lüftungsschacht. Sie hatten nur wenige Sekunden Zeit, bevor jemand das Licht draußen sah. „Bist du bereit?"

Sie zeigte ihm einen Daumen hoch, gab ihm ein Streichholzheftchen, das andere behielt sie für sich. Ihre Finger streiften die Knöchel seiner Finger bei diesem Austausch. Es ließ sein Herz stillstehen und erinnerte ihn daran, wie viel auf dem Spiel stand. Aber sie starrte ihn nicht mit dem Blick eines verstörten Rehs an. Ihr Gesicht war konzentriert. Fokussiert. Gott, er liebte sie so sehr.

In Ordnung. Zeit loszulegen. Er entflammte die Streichhölzer, zündete das Feuer an und küsste ihre Wange, bevor er um die Ecke rannte.

Die Uhr tickte. Jede Nanosekunde eine Ewigkeit. Sarah sollte das Feuer am Laufen halten und mehr Papier nachlegen, wenn die Flammen zu versiegen drohten.

Ein leichter Rauchgeruch lag in der Luft. Es würde sich bald verstärken durch das schnell abbrennende Papier, die einen chemischen Geruch abgaben. Brock drückte die Fernbedienungstaste für den Sprengsatz. Die Haustür flog in die Luft.

Im Inneren ertönte ein Schrei und der Befehl zur Bewegung. Da die Haustür als Verletzungspunkt angesehen wurde, ergriffen die Schlepper sofort Abwehrmaßnahmen. Jeder, der wichtig war, würde zu der Reihe der wartenden Autos hinter dem Haus gebracht werden, über den anderen Ausgang – die Seitentür.

Wie erwartet, flog die Seitentür auf. Waffen gezogen, schossen sie auf die Taschenlampen und Zielfernrohre und kämpften gegen die Büsche. Brock wartete darauf, das sein Mädchen herausrannte. Beobachtete und wartete. Kein entführtes Mädchen. Nur ein halbwegs bewaffneter Mann in einer kugelsicheren Weste, die seine Brust gerade so bedeckte, kam aus der

Tür gehetzt. *Das muss ihr Chef sein, Honcho.* Nicht sein Ziel, aber warum nicht, wenn Brock den Bastard auch ausschalten konnte. Aber er konnte es nicht tun, ohne seinen Standort preiszugeben.

Mittlerweile sollte Sarah sich sicher am Rande des Zauns positioniert haben, bereit, ihn und den Teenager zu treffen. Fahrzeuge kamen die Einfahrt hinunter und verließen das Haus. Guter Abwehrzug des Schleppers, aber schlechte Nachrichten für sein Ziel. Entweder war das Teenagermädchen bereits verkauft oder sie hatte die Entführung schon nicht überlebt.

Er musste es noch einmal überprüfen. Nur um sicher zu sein. Auch wenn es nur eine düstere Wahrheit zu bestätigen würde. Brock duckte sich und ging hinein, warf seinen Blick in jeden Raum. Kein Mädchen.

Erster Stock. Erledigt.

Er bewegte sich schnell die Treppe hinauf. Keine Ahnung, ob das Sicherheitsteam des Schleppers nach Verstärkung gerufen oder geplant hatte, seinen Chef an einem sicheren Ort abzusetzen und sich in den Kampf umzugruppieren. Brock setzte seine schnelle Inspektion fort. Letzter Raum. Er öffnete die Tür einen Spalt breit.

Das Mädchen.

Gott sei Dank.

Aber warum hatten sie sie verlassen? Wahrscheinlich tot. Kein Blut. Keine offensichtlichen Anzeichen eines Traumas, aber sie bewegte sich nicht.

Ihre Hände waren an einen von mehreren Metallhaken in der Wand gefesselt. Sein Magen drehte sich um, denn Brock wusste, dass irgendwann an jedem dieser Haken ein armes Mädchen angebunden war. Der Himmel stehe diesen Mädchen jetzt bei. Aber er könnte dabei helfen. Er arbeitete schnell und überprüfte sie. Schwacher Puls. Lebendig.

Sie stand wahrscheinlich unter Drogen. Der rauchige Dunst würde ihrem Fall nicht helfen. Er prüfte die Fesseln an ihren Handgelenken. Sie waren fest, aber er konnte sie lösen. Mit ein paar Versuchen hatte er die Schlösser geöffnet. Ihre Arme fielen leblos herab. Brock warf sie sich über die Schulter und rannte zur Treppe. Zwei Schritte auf einmal, der Rauch brannte ihm die Augen. Er drehte sich zur Seitentür zu und sah

Scheinwerfer, die die Einfahrt hinauffliegen. Dann kam ein weiteres Paar Scheinwerfer.

Planänderung – er ging zur Haustür. Das Mädchen kam langsam zu sich. Der leichte Tritt ihrer Beine verwandelte sich in ein Aufbäumen ihres ganzen Körpers. Sie schrie und er zog sie von seiner Schulter und legte eine Hand über ihren Mund.

„Ich gehöre zu den Guten."

Er nahm seine Hand weg, aber ihre desorientierten Augen sagten, dass sie es nicht verstanden hatte. Hände zurück über ihren Mund, schloss er seine Arme um sie und sprang durch die Überreste der gesprengten Haustür.

Ein weiterer Satz Scheinwerfer rollte hoch und parkte auf dem Hof. Problematisch. Sie waren zu nah an seinem Fluchtweg, aber was noch wichtiger war, sie waren zu nah an dem Ort geparkt, an dem Sarah sein sollte.

Er hielt das Mädchen an seine Brust gelehnt und versuchte es erneut. „Alles ist in Ordnung. Deine Eltern haben mich geschickt. Wir bringen dich nach Hause."

Er hob seine Hand von ihrem Mund und sie blieb ruhig. Gut, denn er musste nach Sarah sehen. Angst zerriss seine Eingeweide, als das Fahrzeug in den Hof fuhr und mit den Scheinwerfern den Bereich absuchte. Direkt bei Sarahs Versteck blieben sie stehen. Nein.

Wo war sie? Schweiß strömte über seinen Rücken, als Brock die Umgebung durchsuchte. Zwei Männer stiegen aus ihrem Auto, gehende Schleppbewegung fing seine Peripherie ab. Sarah!

Sie hatte sich geschickt von den Männern und den Scheinwerfern, aber auch von einem Ausgang entfernt.

Brock lenkte den Blick des desorientierten Teenagers auf sich. „Wir ziehen weiter."

Er hielt sein Gewehr ausgestreckt in einem Arm, hob das Mädchen auf und rannte mit ihr an einer Wand entlang. Suchende Stimmen schwebten durch die Nacht. Sarah sah ihn nicht kommen und schnappte nach Luft, als er hereinkam und sie alle in den Schutz einer anderen Heckenreihe zog.

Beide Frauen lehnten sich gegen den dicken Busch und starrten ihn an.

Er legte einen Finger auf seine Lippen und blickte über den Busch. Jedes Licht im Haus war an. Die Menschenhändler wussten, dass das Mädchen weg war.

Ein weiteres Fahrzeug erschien. Zwei Hunde sprangen heraus und zogen an ihren Leinen, was die Männer, die Brocks Größe hatten, wie Spielzeug aussahen ließ.

Brock fiel auf die Knie. „Wir müssen gehen."

Zorniges, tollwütiges Bellen heulte durch das Haus. Kein Zweifel, sie hatten die Fährte des Mädchens aufgenommen. Er hatte genug Kugeln, um eingehende Angriffe abzufangen, hatte aber keine Ahnung, welche Art und wie viele Waffen der Feind hatte. Wenn Brock ihre Position verraten würde, könnten die Schlepper diese Nacht leicht mit einem Granatwerfer beenden.

Sarah nickte und legte einen Schutzarm um das Mädchen. „Bereit."

Die Entschlossenheit in den Augen seiner Frau machte ihn stolz, aber dafür war keine Zeit. Der Teenager nickte, aber verstand kaum ihre Rolle bei der Rettung. Die Hunde und ihre Betreuer kehrten in den Hinterhof zurück. Grobe Befehle und hartes Bellen schienen viel zu nah bei ihnen.

Brock brachte sie hinter die Hecken zum Zaun. Ein Klick ertönte, als die Hunde freigelassen wurden. Laufend. Heulend. Bellend.

Wenn er die Mädchen wegbringen könnte, könnte er die Hunde ausschalten und mit den Angriffen irgendwie klar kommen. Sarah legte ihre Hände auf die Wand. Brock drückte ihren Fuß nach oben und warf sie über den Zaun. Sie stürzte lautstark auf die andere Seite. Als Nächstes der Teenager. Er ging auf die gleiche Weise vor und hörte das gleiche Geräusch auf der anderen Seite, aber er hörte auch Sarah, die das gerettete Mädchen beruhigte.

„Los!" Er vergewisserte sich, dass Sarah sich an den Plan erinnerte.

Ein kurzer prüfender Blick über seine Schulter zeigte, dass ihm die Hunde auf den Fersen waren. Keine Zeit, seine Waffe zu ziehen. Er griff mit der Hand nach dem Zaun, zog sich hoch und trat mit Fuß.

Verdammt noch mal!

Ein brennender Schmerz durchzog sein Bein. Der Kampfhund biss zu und rasiermesserscharfe Zähne zerfetzten seine Wade. Sein unverletztes

Bein trat hinter ihm und er versuchte sich aus dem stahlfallenartigen Maul dieses Hundes zu befreien. Kein Glück, er kam nicht frei. Er müsste den Hund mit sich über den Zaun ziehen und—

Weißglühende Schmerzen umklammerten sein anderes Bein und schlugen sich von seinem Glied in seine Brust. Er verlor seine Fähigkeit zu atmen. Seine Augen und Zähne kniffen sich zusammen. Qualvolle Wellen von Schmerz durchströmten ihn. Die Kiefer des zweiten Hundes waren tief in seinen Oberschenkel versenkt. Beide Hunde, bestimmt hundert Pfund pro Hund, rissen sich in sein Fleisch und rissen ihn hin und her, während sie knurrten und weiter schnappten.

Brock knurrte die ihn zerfleischenden Tiere an. Er hob sich und die zweihundert Pfund schweren Hunde nach oben, die an ihm hingen. Sein Bizeps zitterte. Seine Brust donnerte, aber er konnte es schaffen.

Beide Hunde ließen plötzlich los. Ihr Rückzug half nicht, den Schmerz in seinen zerfleischten Muskeln zu lindern. Brocks Kopf schwamm. Musste der Blutverlust sein. Er grunzte, als er sein Bein gegen die Wand stemmte.

Zwei Hände packten die Rückseite seines Hemdes. Scheiße. Seine Arme griffen nach dem Himmel, er fiel frei zu Boden. Der Aufprall verschlug ihm den Atem und ihm wurde schwarz vor Augen. Seine Beine schrien vor bestialischen Schmerzen. Brock öffnete die Augen und starrte in die Läufe von zwei AR-15s.

„Los!" brüllte aus seiner Lunge. Er flehte Gott an, dass Sarah bereits weg war und in Richtung Sicherheit lief. „Los!"

Ein Stiefel trat ihn gegen die Schläfe. Sterne explodierten und lösten sich schnell in Schwarz auf.

KAPITEL ZEHN

*L*OS. SARAH WAR bereits auf der Flucht gewesen und zog den Teenager mit sich, aber Brocks Stimme hallte durch die Nacht. *Los.* Seine Stimme hallte immer wieder, als sie sich durch das Unterholz der Insel schlugen. Äste zerkratzen ihr Gesicht und sie hatte keine Ahnung, ob sie sich auf einem sicheren Ausweg befanden. Der Instinkt trieb sie und das war alles, an das sie sich halten konnte.

Hinter ihr Stille. Keine Schreie mehr. Keine Hunde mehr. Keine Schüsse mehr. Es fühlte sich an, als wären Stunden vergangen, seit Brock von der gegenüberliegenden Seite der Mauer geschrien hatte. Er hatte nicht aufgeholt und in ihrem Herzen wusste sie, dass er es nicht tun würde.

Sie stolperten im Tandem, stürzten einen Hügel hinunter und kamen, Arme und Beine ineinander verwickelt, zum Stillstand. Sarah sprang auf und ging dann in die Hocke. Ihre Position war im offenen Feld. Wenn ein Schlepper vorbeifuhr, würde er sie sofort entdecken. Blut rauschte in Sarahs Ohren und sie versuchte, darüber hinweg zu hören. Was würde Brock jetzt tun? Er hätte einen Plan, um in Sicherheit zu kommen. Ihr Magen drehte sich um, wenn sie an ihn dachte, aber sie versuchte es zu ignorieren. Er hatte jetzt wahrscheinlich einen Plan, um in Sicherheit zu kommen. Eine Sache, die er gesagt hatte, war, dass sie, wenn eine Katastrophe eintreten sollte, sie zurück zum Resort gehen musste und er sie dort finden würde. Das hier war definitiv eine Katastrophe.

Sarah kanalisierte ihren inneren Superhelden und beschloss, das zu tun, womit sie beauftragt wurde. Sie studierte die Straße. Sie kam ihr bekannt vor, aber im Dunkeln sah alles gleich aus. Durchatmend versuchte sie, ihr sprintendes Herz zu beruhigen. Welchen Weg soll ich gehen? Rechts, links. Vorwärts, rückwärts. Das Mädchen starrte sie an und erwartete eindeutig, dass sie wusste, was sie als Nächstes tun sollten. *Eeny, meeny, meeny, miny, moe.* Entscheidung getroffen. Sie würden nach rechts gehen.

Sarah kroch, wie sie es bei Brock am Haus des Schleppers gesehen hatte und zerrte das Mädchen hinter sich her. Sie krochen meilenweit oder zumindest fühlte es sich so an und etwas erschien ihr vertraut. Vielleicht. Nein, sie war sich sicher. „Wir sind hier. Komm mit."

Sie zog das Mädchen mit sich, überquerten die Straße, kroch durch einen Buschund – ja, da war der Hummer. Sarah öffnete die Hintertür, drückte sie auf den Rücksitz und schlug den Verriegelungsknopf. Nicht, dass das jemanden davor abhalten würde sie zu verletzten, aber es war ihre erste Reaktion. Sie duckten sich auf dem Sitz und atmeten, was von hektischem Schlucken bis hin zu kaum zu bewältigenden Lungenfüllen reichte.

„Okay?" Das war alles, was sie herausbrachte.

Das Mädchen nickte.

„Ich auch."

Beide sagten kein Wort. Sie warteten und warteten. Kein Brock. Seine Stimme spielte sich in ihrem Kopf ab. Los! Das hier war eine Katastrophe und er hatte ihr den Marschbefehl gegeben. Aber die Idee, ihn zurückzulassen, schmerzte. Sie brauchte Hilfe. *Nein, Brock braucht Hilfe und ich bin sein Partner.* Was sie wirklich tun musste, war, sich zusammenzureißen. Sie kroch auf den Vordersitz, fand den Schlüssel und wandte sich wieder dem Mädchen zu. „Ich bin Sarah."

„Bethany." Ihre Augen waren glasig. Sie stand unter Schock.

„In Ordnung, Bethany. Lasst uns hier verschwinden." Sie ließ den Motor aufheulen und trat das Gaspedal bis zum Anschlag durch. Der Hummer walzte durch das Gestrüpp, federte über Äste, bis sie wieder auf die Straße stießen. Sie fuhr so schnell, wie Sarah es ohne Scheinwerfer konnte, schoss die Straße hinunter, wobei sie jeden Riss und jedes Schlagloch im Boden mitnahm.

Niemand war ihnen gefolgt. Sarah schaltete nach einer Meile das Licht an und schaffte es nach fast zwei Stunden auf die Resort Seite der Insel. Ihre Nerven waren erschöpft, ihr Verstand erinnerte sich nicht an den

Namen ihres Hotels. Alle Eingänge sahen gleich aus. Schickes Schild. Hübsche Designs. Es dauerte zwanzig Minuten, bis man den richtigen touristischen Hotspot gefunden hatte.

Sie drehte sich um und sah, dass Bethany zusammengesunken schlief. „Bethany, Schatz? Wach auf!"

Müde blinzelte sie mit den Augen und riss sie dann auf. Bethany geriet in Panik, kämpfte in ihrem Sicherheitsgurt und starrte auf Tür, wollte fliehen.

„Nein, warte! Bethany. Es ist in Ordnung. Ich bin es, Sarah. Du bist in Sicherheit. Erinnerst du dich?" Sie streckte die Hand nach der jungen Frau aus. „Atme tief durch. Es geht dir gut."

Bethanys Augen konzentrierten sich auf Sarah, dann flüsterte sie: „Sarah".

„Das ist richtig, Schatz. Bist du bereit?"

„Bereit für was?"

Gute Frage. „Wir müssen reingehen. Ich muss Hilfe für meinen Mann holen. Du... willst wahrscheinlich deine Eltern anrufen und nochmal ein bisschen schlafen, bevor du nach Hause gehst?" Sarahs Magen fühlte sich flau an. Oh, was, wenn das die geringsten von Bethanys Problemen waren? Bitte lass Brock sie rechtzeitig erreicht haben. „Bist du... wurdest du... Musst du zu einem Arzt?"

Bethany schüttelte langsam den Kopf. „Nein. Sie haben mich nicht..." Sie schloss ihre Augen und atmete stotternd durch, als Tränen über ihre Wangen flossen. „Ich bin nicht verletzt. Nur meine Handgelenke sind zerkratzt und mein Bauch tut weh; sie haben mir etwas gegeben, von dem mir schlecht wurde. Ich will nur nach Hause."

„Ich weiß. Wir bringen dich so schnell wie möglich hin." Sarah sah zu, wie Bethany mit dem Handrücken Tränen wegwischte. „Lass uns reingehen. Wir bringen dich nach Hause."

Sarah hatte keine Ahnung, wie Bethany Saint Lucia verlassen und in die Vereinigten Staaten zurückkehren sollte. Das Mädchen sah zu zerbrechlich aus, um einen Linienflug anzutreten und wenn Titan beteiligt war, bedeutete das wahrscheinlich, dass Privatjets eingesetzt würden. Die Logistik wurde von demselben Mann übernommen, der Brock nach Hause bringen würde. Zeit, *Jared Westin anzurufen.*

Sie verließen den Hummer und ignorierten die neugierigen Blicke des einsamen Pagen und des Empfangsmädchens, die die Nachtschicht besetzten. Sarahs und Bethanys Kleider waren zerfetzt und ihre Körper waren zerkratzt. Ein ziemlicher krasser Anblick. Sarah führte den Weg zu ihrer Suite und öffnete die Tür. Ihr Adrenalin hatte sich aufgelöst normal, aber die Entschlossenheit stand nun an erster Stelle und im Mittelpunkt. Brock brauchte Hilfe und sie würde es möglich machen. Alle anderen Bedürfnisse, Schlaf und Durst, waren zweitrangig.

Ohne dass Sarah Bethany dazu aufforderte, kroch das Mädchen ins Bett und schlief sofort ein. Sarah setzte sich an den Schreibtisch und starrte alle Notfallnotizen von Jared an. Jede bat um einen Rückruf, aber auf keiner war eine Telefonnummer angegeben.

Sugar.

Sarah griff ihr Handy und hoffte, dass es sich einschalten würde. Es war im Flugzeugmodus, seit sie vor einem Tag in das Flugzeug gestiegen war. Keine Ahnung, ob es aufgeladen werden musste, bevor sie es benutzen konnte.

Es lag auf dem Boden ihrer Handtasche und – Bingo – noch fünfzehn Prozent Akku übrig. Keine internationalen Anrufe, aber sie konnte ihre Kontakte abrufen und das Hotelzimmertelefon benutzen, um zu telefonieren.

Einen Augenblick später, bat Sarah die Telefonistin, einen Anruf in die USA zu verbinden, woraufhin Sugar nach dem zweiten Läuten den Hörer abnahm.

Ihre Stimme war schlaftrunken. „Hallo?"

„Hier ist Sarah. Wach auf."

Sugars Stimme klang etwas wacher. „Alles in Ordnung? Es ist mitten in der Nacht. Warte. Bist du nicht im Urlaub?"

„Ja. War ich. Ich brauche Jareds Hilfe."

„Hilfe?" Ihre einsilbige Frage war mit Verwirrung behaftet.

Es blieb nicht genug Zeit für Erklärungen. Einfache Version. „Jared hat Brock gebeten, einen Job zu erledigen."

Sugar atmete zögernd ein. „Jared hat was getan?"

Komm schon, Süße. Sarah pflügte weiter durch ihre Erklärung. Sie brauchte wirklich nur Jared am Telefon. „Hat Brock gebeten, einen Job zu machen. Um ein Mädchen zu retten. Sie ist in Sicherheit. Mit mir. Aber Brock ist immer noch dort. Ich musste ihn zurücklassen."

„Was? Warte mal."

Im Hintergrund ertönte eine gedämpfte Stimme. „Sarah." Jared dröhnte ihr ins Ohr. „Du hast das Mädchen?"

„Bethany ist bei mir. Brock nicht."

„Seid ihr beide in Sicherheit?"

„Sind wir, Jared." Sarah blickte zu Bethany, die sich tief unter der Decke vergraben hatte. „Wir sind okay. Sie wurde nicht verletzt und will ihre Eltern anrufen, aber sie schläft. Brock ist nicht mit uns nach Hause gekommen. Sie haben ihn."

Sarahs Herz schrie in ihren Ohren und wartete darauf, dass Jared antwortete. Was er nicht tat.

„Jared!"

Er fluchte. „Tut mir leid, aber Brock kannte den Deal. Ich habe da unten niemanden, der helfen kann."

Falsche Antwort. „Dann bring jemanden her."

„Sarah—"

Sugars Stimme zog Jared vom Anruf weg, aber Sarah konnte das Gespräch nicht ausmachen. Gedämpftes, Flüstern zischte auf der anderen Seite hin und her. Zerstreute Sätze drangen durch den Hörer. „Auf keinen Fall." „Nicht lebendig." „Es wird nicht passieren."

Tränen brannten in Sarahs Augen. Sie sprachen über ihren Mann. Den sie zu Hause im Stich gelassen hatte und dann nochmal in Saint Lucia. Ihr Inneres war verkrampft vor Verzweiflung, die Tränen entwichen ihren Augen und liefen über ihre Wangen. „Jared, bitte. Holt ihn euch. Rettet ihn."

Er seufzte in das Telefon. „Wir haben keine Informationen. Du weißt nicht einmal, ob er am Leben ist."

„Was glaubst du, wie ich dieses Mädchen hierher gebracht habe? Ich war dabei. Ich habe alles gesehen, alles gehört. Ich weiß, dass er am Leben ist, weil er mir sagte, ich solle gehen. Um Bethany zu retten. Und das habe ich getan. Jetzt bist du dran."

„Du warst dabei?"

„Ja. Er brauchte Hilfe und ich war seine einzige Chance. Nun, du bist die einzige Chance." Sie konnte fast sehen, wie Jared den Kopf schüttelte und nicht glaubte, dass sie dort gewesen war. „Er lebt."

„Du warst…"

Wirklich? Er will über mich sprechen? Dafür war keine Zeit. „Was, Jared? Ich bin zu kaputt, um zu helfen? Sinnlos? Erbärmlich? Suche es dir aus. Aber ich half Brock, weil er jemanden brauchte. Ich habe überlebt und Brock wird es auch tun, so wahr mir Gott helfe."

Im Hintergrund redete Sugar wieder auf Jared ein. Sarah würde töten, um die Einzelheiten zu erfahren.

Jared meckerte zurück ins Telefon. „Sarah?"

„Ja?" Bitte, bitte, bitte. Sie schluckte die Angst, die ihre Luftröhre erstickte.

„Wir sehen uns in ein paar Stunden." Die Leitung wurde unterbrochen.

KAPITEL ELF

EINZUSCHLAFEN WAR NICHT Teil von Sarahs Plan gewesen, aber die Erschöpfung überkam sie. Sie blinzelte, dann durchfuhr sie ein Schmerz. *Brock.* Sie sprang auf. Ein Schatten im sonnendurchfluteten Raum verschob sich.

Jared stand in der Ecke ihrer Suite und schaute aus dem Fenster. „Du hast einen leichten Schlaf."

„Du bist in meinem Zimmer."

„Klopfen ist nicht wirklich mein Stil." Ein Klopfen ertönte. „Aber Sugars."

Er ging und ließ seine Frau herein. Bethany schnarchte neben Sarah auf dem Bett, rührte sich aber nicht. Sie deckte den Teenager zu. „Wie lange bist du schon hier?"

„Etwa zehn Sekunden."

Sugar rollte mit den Augen, als sie winkte. „Er hat nicht geklopft?"

Sarah schüttelte den Kopf. Wie lange hatte sie geschlafen? Sie warf einen Blick auf den Wecker, nicht sehr lange. Sie hatten definitiv in einen Privatjet und vielleicht sogar einen Hubschrauber vom Flughafen aus genommen.

Jared ignorierte sie. „Es wird folgendermaßen laufen. Die Chancen, dass dein Mann noch am Leben ist, stehen schlecht."

Ihre Brust krampfte, aber Sarah nickte.

„Du und Sugar, ihr werdet Bethany sicher in einem wartenden Jet unterbringen. Ich werde sehen, was ich über Brock herausfinden kann. Wenn es gute Nachrichten sind, bringe ich ihn zu dir nach Hause. Wenn nicht, wirst du es zumindest wissen."

„Meine Güte, Babe." Sugar schob eine Hüfte nach vorne und stützte eine Hand darauf. „Hör schon auf mit diesem Arschlochgetue."

Jared starrte sie an. „Lasst uns nicht so tun, als ob…"

„Danke." Sarah schlüpfte aus dem Bett und strich die Bettdecke um Bethany herum. „Ich verstehe, was passiert ist. Also, einfach…" Der Schmerz ließ sie verstummen.

Sugar warf Jared einem Blick zu. „Du musst nichts erklären oder dich entschuldigen."

Er fluchte, gab Sugar einen Kuss und stolzierte zur Tür. „Ich komme zurück, mit oder ohne Brock."

ZURÜCK AUF NULL. Brock war an die Wand gefesselt, wo er das Mädchen zuvor gefunden hatte. Schwache Muskeln, mit müdem Verstand, war er zufrieden, an den Handgelenken zu hängen. Die Blutungen in seinen Beinen schienen nachzulassen, die Blutpfütze begann langsam zu trocknen. Mit den blutigen Wunden, die zu Schorf wurden und dem guten Gefühl, dass Sarah sicher mit dem Opfer evakuiert wurde, würde er lange genug ruhen, um sich zu regenerieren und seinen Arsch zurück zum Resort zu bringen. Jemand müsste ihn töten, bevor er seine Einkaufsliste für Seil und Eis aufgab.

Das Schloss drehte sich. *Nun, so viel dazu, es ruhig anzugehen.*

Ein gut gekleideter Mann kam herein und starrte ihn an. Es war derselbe Mann, den das Sicherheitsteam in der Nacht zuvor mit einer Splitterschutzweste evakuiert hatte.

„Schön zu sehen, dass du wach bist." Seine spitze Nase und seine knorrigen Augen passten perfekt zu seinem französischen Akzent.

Brock zuckte mit den Schultern. Dieses „ich-bin-besser-als-du" Gehabe hatte er noch nie ausstehen können. „Ich bin ein paar Mal eingenickt und wieder aufgewacht. Die Unterkunft könnte schöner sein."

„Bist du nicht niedlich?"

„Meine Frau denkt schon." Vielleicht.

Der Franzose zog eine Zigarettenschatulle und ein vergoldetes Feuerzeug aus der Tasche. Mit großem Trara wählte er eine handgedrehte Zigarette aus und zündete sie an. Süßer Tabak brannte in die Luft. „Du hast mich bestohlen."

Brock blinzelte mit einem Auge und neigte seinen Kopf und betrachtete sarkastisch, was der Mann gesagt hatte. „Ich habe etwas zurückgeholt, was dir nicht gehört."

Der Mann rollte seine Zigarette zwischen Daumen und Zeigefinger. „Du bist ganz schön von dir eingenommen, für einen blutenden Mann, der an einen Haken gefesselt ist."

„Ich habe in letzter Zeit viele schlechte Entscheidungen getroffen. So langsam glaube ich, dass ich meinem eigenen Urteilsvermögen nicht trauen sollte."

Der Franzose nahm einen langen Zug und ließ den Rauch aus seinem Mund wehen, während er durch den kleinen Raum ging. „Interessant."

Er zuckte mit den Schultern. „Nicht wirklich."

„Ich stimme dir zu."

Brock lachte und wandte seinen Blick ab. „Wichser."

Die polierten Schuhe hörten auf, an seiner kaputten Wade auf und ab zu gehen. Er wusste, was als Nächstes kommen würde. Schlechte Nachrichten waren immer so vorhersehbar. Aber der Schmerz explodierte dennoch, als der Franzose seine Zehenspitze zurückzog und in sein Bein stieß. Schreckliche Qualen schossen seinen Oberschenkel hinauf und bis zu seinen Zehen hinunter. Brock keuchte, den Schlag absorbierend.

„Harter Kerl", grinste Frenchie.

„Nur ein weiterer Tag in meinem Leben.", knirschte Brock durch die zusammengebissenen Zähne. „Jeder einzelne wird besser als der zuvor."

„Erklär mir, warum ein Mann mein Mädchen befreit hat?"

„Es schien das Richtige zu sein. Ihr kranken Penner habt euch an genug Kindern vergriffen. Mein Tag wäre besser, wenn dich jemand ausschalten würde. Als Wiedergutmachung dafür, dass du die Welt zu einem schlechteren Ort gemacht hast."

„Ah und ich denke dasselbe über dich." Rauch umgab den Kopf des Mannes. „Ich hasse es, meine Ware zu verlieren."

Brock kniff seine Augenbrauen zusammen und knirschte mit seinen Backenzähnen. „Sie ist ein Kind, du Arschloch."

„Sie war mein Produkt. Handerlesen, lass dir das gesagt sein. Diese junge Frau erfüllte sehr spezifische Kriterien, nach denen ich gesucht hatte. Und dafür, dass du sie verloren hast, wirst du bezahlen."

Wut kocht unter Brocks Haut. „Nichts an dem Kind war eine Frau. Komm runter."

Frenchie nahm eine kleine Pistole aus der Tasche. Sie war vergoldet und passte zum Feuerzeug.

Natürlich. Brock kicherte. „Ist es so weit? Wirst du mir nun mit deinem edlen Schießeisen das Gehirn wegpusten?"

„Da ist immer etwas Geschmackloses an Amerikanern gewesen." Frenchie ging wieder durch den Raum, blieb stehen und klopfte die Asche seiner Zigarette auf Brocks Bein ab. „Dein Leben scheint dir ja egal zu sein."

Er tat so, als würde es ihn nicht interessieren, aber es brachte ihn auf eine Idee. „Gib mir eine Zigarette, dann bringen wir es hinter uns. Ich stehe nicht auf große, langwierige Qualen."

Frenchie lachte. „In Ordnung. Eine Zigarette, das war's dann. Ich werde sicherlich nicht das Weinen und Flehen verpassen, das mit diesem Teil des Jobs einhergeht."

Brock ließ seine Schultern hängen wie eine besiegte Muschi. *Idiot.* Frenchie nahm einen Schlüsselsatz aus seiner Tasche und griff nach Brocks Handschellen. Seine Hände fielen herab; und kribbelten wie Stecknadeln von den Fingerspitzen bis zu den Ellbogen. Er rollte mit den Handgelenken und massierte seine Finger, rieb sich dann die Augen und spielte die Rolle eines lebenden Toten. Der Tote sitzt da und ist bereit, seine letzte Zigarette zu rauchen. *Ich hasse Zigaretten.*

Der Franzose hielt den handgerollten Tabak in Richtung Brock. Er nahm ihn an, runzelte die Stirn und ließ seine Schultern noch verzweifelter hängen. „Wenigstens habe ich das Mädchen."

„Wie auch immer, wie ihr Amerikaner zu sagen pflegt. Scheint so, als wäre das das geringste deiner Probleme."

Brocks Kopf rollte und er starrte die Tür hinter Frenchie an, dann plapperte er erbärmlich darüber, wie er sein Leben mit Ehre geführt hatte. Die Zigarette klebte an Brocks Lippe und er ließ sie hängen, bis sich der Franzose mit dem Feuerzeug beugte. Brock atmete ein, genoss die ekelhafte

Verbrennung und lächelte vor Anerkennung gegenüber seinem Entführer. „*Merci.*"

Nachdenklich. Frenchies kugelrunde Augen kniffen zusammen und bestätigten das Dankeschön.

Brock saugte einen weiteren Zug aus der Zigarette ein, der ihn zum Würgen brachte. Die lange Glut glühte rot und verbrannt. Rauch zog um seinen Kopf und schob sich aus seinem Mund, als seine Stimmung sich dem ekelhaften, entspannten Ausatmen anpasste. Kontemplativ. Bereit, seinen Schöpfer zu treffen.

Frenchie schien die Notwendigkeit des Nikotins schätzen zu wissen. Er ließ seine Deckung fallen und Brock war in bester Position. Im Handumdrehen blies er den Rauch heftig aus, warf das lange Ende der Zigarette in Frenchies Augen und folgte mit einem rechten Haken am Kiefer.

Ein Ausbruch von Schmerzen zog durch Brocks Beine. Die Pistole schlitterte durch den Raum. Er stürzte sich über den Boden. Seine frischen Krusten brüllten, stechende und pochende Schmerzen. Übelkeit von den Schmerzen und dem Nikotin, er schluckte ein drohendes Würgen und schnappte sich die Pistole vom Boden. Ein kurzer Blick über seine Schulter, dann spannte er den schicken Abzug und feuerte die gravierte, vergoldete Pistole aus kürzester Entfernung.

Frenchie war mitten im Rückschlag. Die Arme ausgestreckt, hatte er sich auch der Waffe zugewandt. Aber die Bewegung stoppte. Das Blut spritzte. Die Explosion hallte in dem winzigen Raum.

Wer sonst noch im Haus war, hatte sicher die Explosion gehört. *Zeit, sich zu bewegen.* Brock überprüfte Frenchie auf zusätzliche Waffen, ging aber leer aus. Er rollte vom Boden und taumelte an der Wand entlang zur Tür. Qualvolles Stechen durchdrang seine Atemzüge. Er kämpfte bei jedem Schritt, der wie Scherben von Schmerzen durch seine Venen schnitt. Brock knirschte mit den Zähnen, als drohten seine Kiefer zu brechen und schwitzte bei jeder miserablen Bewegung. Der Bolzen wurde entriegelt und er schleppte sich mit der Schwuchtelknarre in der Hand aus der Tür. Niemand eilte die Treppe hinauf. *Ich schätze, das Schießen im Inneren hat keine Hausregeln verletzt.* Aber wenn Frenchie nicht bald erscheinen würde,

würde es sicher auffallen. Brock musste schnell raus. Zu schade, dass seine Beinverletzungen es ihm nicht leichter machten. Einen schlingernden, elenden Schritt nach dem anderen ging er hinunter und dachte an Sarah. An seine Mädchen. Brock würde es nach Hause schaffen, ohne Frage. Er würde ihnen ein neues Leben geben. Was immer Sarah wollte. Neue Schule? Kein Problem. Einen Job? Sie musste selbst herausfinden, ob sie das wollte. Sie konnte umdekorieren, sich neu einkleiden, alles umgestalten. Wenn sie *mehr* wollte, würde er einen Weg finden, sie zu unterstützen. Was auch immer sie im Leben wollten.

Jubelnde Männer lenkten ihn von seinen schmerzlindernden Gedanken ab. Aber war da noch ein anderes Geräusch? Brock blickte durch ein Geländer. Keine Männer in Sicht. Er schob sich den Rest der Treppe hinunter und hörte den Männern des Schleppers im Salon zu. Ein Fußballspiel lief laut im Fernsehen und niemand reagierte auf das andere Geräusch, von dem Brock sich sicher war, dass sie es gehört hatten.

Im Idealfall würde er die Schlüssel zu einem der Jeeps draußen schnappen können und seine Flucht antreten. In Anbetracht des Blutverlustes und der eitrigen Infektion, wäre das die perfekte Lösung. Aber die SUVs waren direkt an einem Fenster und in Sichtweite geparkt. Er konnte keine Zeit mit Kurzschlüssen verschwenden. *Schlüssel finden*. Er konnte eine schnelle Erkundung machen, aber wenn nichts auftauchte, hatte er mehr Glück, zu Fuß vom Grundstück zu verschwinden. Ein Fortbewegungsmittel konnte er auch später noch finden.

Brock schlich sich an der nun verbarrikadierten Haustür vorbei und ging in die Küche. Küchenarbeitsplatten waren die universellen Landezonen für Schlüssel, richtig? Aber er müsste die Schwelle zum Wohnzimmer überschreiten. Das Fußballspiel verursachte eine Runde Buhrufe und er machte seinen Zug. Als ob seine Gebete erhört worden wären, lag ein Schlüsselstapel auf der Theke. Er steckte alle Schlüssel ein. Niemand anderer sollte Zugang zu einem Transportmittel haben. Zu schade, dass nicht ein Waffenlager auf dem Tisch lag, zusammen mit einer Flasche Wasser und einem Burger. Er manövrierte aus der Küche und lauschte auf das Fußballspiel, das ihm Deckung gab. Ein Schritt knarrte auf der Treppe. Er drückte sich gegen die Wand, ohne zu sehen, wer kam.

Brocks Augen fielen auf eine blutverschmierte Wand. *Scheiße*. Die rötlichen Markierungen waren ein verräterisches Zeichen dafür, dass er nicht mehr an eine Wand gefesselt war. Eine weitere Stufe auf der Treppe. Weich. Fast ein Hirngespinst seiner Fantasie, aber er vertraute seinen Instinkten und blieb an der Wand.

Klick.

Das Geräusch kam nicht vom Schlaghebel einer Waffe, bereit zu schießen. Es war auch kein elektronisches Klicken. Das Geräusch war ein vertrauter Ton bei Funkstille. Ein sanftes Tuten, das dazu gedacht ist, Informationen auszutauschen oder Aufmerksamkeit zu gewinnen. Brock machte einen Schritt, die Unsicherheit kratzte an seinen Gedanken.

Was zum Teufel?

KAPITEL ZWÖLF

BROCK KONNTE VOR Staunen den Mund nicht schließen. Jared stand auf halbem Weg die Treppe hinauf. Er war der letzte Mensch auf Erden, den Brock erwartet hatte. Durch die zerfurchte Stirn und den fiesen Blick konnte er erkennen, dass der Boss Man etwa genauso gerne auf Saint Lucia sein wollte, wie Brock Sarah bei einem Einsatz dabeihaben wollte.

Ein schneller Austausch von vertrauten Handgesten und Jared ging die Treppe hinunter und traf Brock bei der Wand.

„Hey, Arschloch."

„Boss Man."Brock zuckte zusammen. Die Worte waren automatisch herausgekommen und trafen ihn wie ein Schlag in die Magengrube. „Jared."

Jared nickte. „Du kannst dich bei deiner Frau bedanken."

„Du solltest sie behalten." Solange sie verheiratet bleibt.

Sie tauschten eine Zusammenfassung der Informationen aus und passierten das Wohnzimmer bei einem Ausbruch von Fußballjubel. Sie schoben sich durch die Seitentür. Brock zog das Schlüsselbund heraus, drückte die Entriegelungstaste, um zu sehen, welcher Satz von Scheinwerfern blinken würde. Es gab Jeeps entlang der Seite und Rückseite des Hauses. Jared sah die blinkenden Lichter und zeigte auf das Fahrzeug.

Sie duckten sich und rannten zum Jeep. Brock sprang auf den Fahrersitz und drehte die Zündung, als Jared die Beifahrertür schloss. Sie flogen die Einfahrt hinunter, während Jared ihn zu seinem versteckten Fahrzeug lotste. Man konnte nicht sagen, ob der Jeep ein Ortungsgerät hatte oder einen Sprengsatz installiert hatte. Sie mussten ihn so schnell wie möglich loswerden.

Brock drückte das Pedal bis zum Anschlag. Als sie zum Ende der

Straße gekommen waren, sprangen sie aus dem Fahrzeug und liefen durch das Gestrüpp, bis Jared ihm Zeichen gab anzuhalten. Ein mit einem Netz und Ästen bedeckter Range Rover. Sie nahmen die Tarnung ab, sprangen wenige Minuten später hineinund rollten einen Hügel hinunter, bevor sie schließlich auf eine Straße stießen.

Zwischen ihnen hing unangenehme Stille. Brocks Beine pochten. Er war mit Schweiß bedeckt und konnte den Gestank seines getrockneten Blutes riechen.

Seine Kehle war trocken und er musste sich um seine Beine kümmern. „Hast du einen Erste-Hilfe-Kasten in diesem Teil?"

„Nichts, was deine Zeit wert wäre. Aber es ist hinten."

Brock griff hinter seinem Sitz. Der Inhalt war scheiße. Ein paar Verbände, ein paar Tuben Salben und Riechsalz. Ein paar Flaschen Wasser rollten auf dem Boden. Er öffnete eine und leerte sie mit ein paar Schlucken. Anschließend griff er eine andere und schälte seine zerfetzten Hosenbeine zurück.

Die zerfetzte Haut war rot und geschwollen. Er brauchte eine Antibiotika Spritze und eine ganze Menge antibakterielle Creme.

„Wenn du eine Sekunde Zeit hast, fahr an die Seite. Ich muss meine Beine abspülen."

„Verstanden."

Ein paar Meilen weiter fand Jared eine anständige Verteidigungsposition. Brock öffnete seine Tür. Er riss die Hosenbeine ab, wusch seine zerfetzte Haut und schmierte die Salben über die schlimmsten seiner Wunden. Seine Schnitte brannten wie Feuer und er atmete schwer. Seine Beine pulsierten. Brock hatte genug medizinische Erfahrung, um zu wissen, dass er schnell einen Arzt brauchte. Er schüttelte den Gedanken ab und kroch zurück auf seinen Platz.

Jared sah zu ihm hinüber. „Was zum Teufel ist passiert?"

„Hunde."

Er nickte und lachte wissend. „Ich hasse Hundeattacken."

„Wenigstens sind die Mädchen rausgekommen. Geht es dem Kind gut? Wie geht es Sarah?"

„Das Kind ist in Ordnung. Den Umständen entsprechend. Deine Frau kommandiert mich herum. Sie hat mich quasi an den Eiern gepackt und hierhergeschleppt."

Brock lachte. Jared hatte ein Faible für direkte Frauen, die Forderungen stellten.

„Ich schätze, dafür schulde ich ihr etwas."

„Jawohl, das tust du."

Weil der Boss Man nicht zu meiner Rettung gekommen wäre, wäre es nicht für Sarah. Er hätte es rausgeschafft, aber dass Jared mit seinem Wagen gekommen war, hatte die Sache einfacher gemacht. „Das wird eine unangenehme Rückfahrt."

„Jawohl." Jared knackte mit den Knöcheln. „Danke für das Kind."

„Ja. Kein Problem."

Sie fuhren Meilen weit, während sie den krummen Inselstraßen folgten. Brock warf einen Blick auf die Uhr des Armaturenbretts. Großartig. *Fünfzehn Minuten sind vergangen.*

Jared räusperte sich. „Also die Jungs haben erzählt, dass du total am Ende warst. Dass du versucht hast, dich mit der Flasche umzubringen. Sugar sagte, Sarah hat dich verlassen."

„Klingt korrekt. Danke für die Zusammenfassung." Vollidiot. Er schluckte den Wunsch nach einem starken Drink weg und öffnete stattdessen eine weitere Flasche Wasser.

„Ich wollte dich tot sehen", murmelte Jared.

„Ich kann es dir nicht verübeln, aber ich hatte meine Gründe."

Jared riss das Lenkrad herum. Der Rover kam am sandigen Straßenrand zu einem harten Stillstand. Er lehnte sich über die Mitte des Autos zu ihm herüber und bohrte seinen Finger in Brocks Brust. „Du hast Mist gebaut, Mann. Du bist der, der die Regeln befolgt. Du kennst den richtigen Weg, wenn jeder um dich herum den falschen gehen will. Was ist mit dir passiert?"

„Herrgott, Mann." Brock fuhr sich mit den Händen durch das Haar. „Was willst du von mir?"

„Eine verdammte Erklärung."

„Ganz einfach. Meine Familie war in Gefahr. Nichts hatte mich aufhalten können. Alles geriet außer Kontrolle. Ich hasse, wie es gelaufen ist. Das hier war ein Test meiner Loyalität. Wenn ich mich aber zwischen meiner Familie und Titan entscheiden muss, gewinnt meine Familie. Darüber musste ich nicht einmal nachdenken."

Jared knurrte ihn an. „Ich wusste nicht einmal, dass du eine Frau und Kinder hast. Mein zweiter Mann, der Typ, mit dem ich seit mehr als einem Jahrzehnt zusammenarbeite, hat mir diese Art von Informationen nicht anvertraut?"

„Es erschien mir sicherer." Aber ich lag falsch.

„Du bist ein Idiot."

Brock sah noch einmal auf die Uhr. Nur noch eine Stunde und dreißig Minuten, bis sie wieder im Hotel waren. Er bewegte sich auf seinem Sitz und seine Beine pochen.

„Aber Sugar war anderer Meinung als ich", meckerte Jared.

„Sie hat eine andere Sichtweise auf das Leben." Was gab es da zu sagen? Schön, dass du die Frau geheiratet hast, die ich beinahe getötet hätte. Tut mir leid, dass ich deine Jetzt-Frau entführt habe.

„Ja." Jareds Knöchel wurden rosa, als er das Lenkrad erwürgte. „Willst du wissen, was sie denkt?"

„Nicht wirklich."

„Nehme ich dir nicht übel. Sie reißt dir die Eier ab." Jared lachte. Echt und ehrlich. „Aber sie denkt nicht, dass du tot sein solltest."

Nicht das, was Brock erwartet hat. „Warum?"

„Keine Ahnung. Soweit es mich betrifft, solltest du sechs Fuß tief unter der Erde liegen."

„Hast du vor, das demnächst zu erledigen?"

Jared öffnete seine Autotür und warme Luft strömte herein, als er herauskam. Großartig. Genau das, was er brauchte. Brock öffnete die Beifahrertür und folgte ihm. Was auch immer sie jetzt regeln würden, sei es, Jareds Rache an ihm oder seine Vergebung, er wollte es nicht im Stehen tun. Seine Beine schmerzen zu sehr.

„Wie sollen wir das machen, Jared?"

Jared drehte sich und starrte ihn an. „Ich sollte dich töten."

„Du hast noch nie so viel geredet, Mann. Was wird das?"

Mit zusammengedrückten Fäusten an den Seiten trat der Boss Man zu ihm. Brust an Brust, standen sie sich gegenüber. „Ich traue dir nicht."

„Das solltest du auch nicht." Brock hatte Jared noch nie zögern sehen, wenn es darum ging, was tun sollte.

Zorn überkam das Gesicht des Boss Man. „Ich habe dein Haus in die Luft gejagt."

Was? „Anstatt was, mich zu töten? Oder das nur, um Sarah zu verärgern, damit sie nach meiner Beerdigung kein Zuhause hat?"

Ein winziges Lächeln flog über Jareds Gesicht, aber er unterdrückte es mit einem wütenden Blick. „Wir haben jahrelang Seite an Seite gekämpft. Und Scheiße, ich kenne das Konzept, alles zu tun, um dein Mädchen zu retten."

Diese Erklärung dafür, dass Brock nicht hinrichtet wurde, müsste als Aussprache ausreichen. *Ich bin dran... was soll ich sagen?* „Ich wusste, dass du Sugar finden würdest, bevor ihr jemand wehtat."

„Vielleicht. Vielleicht auch nicht. Das ist nicht der Punkt."

„Was ist der Punkt?"

„Titan. Unser Team. Wir sind eine verdammte Familie."

Die Erinnerung fühlte sich wie ein sich drehendes Messer in seinen Bauch an. „Jawohl."

„Aber das Haus kannst du vergessen. Deinen hübschen Truck auch."

Typisch Boss Man so etwas zu tun. Brock musste fast lachen.

Jared stieß einen Atemzug durch die zusammengebissenen Zähne aus. „Ich musste etwas zerstören, bevor ich hierherkam, um deinen Arsch zu retten. Andernfalls wärst du vielleicht jetzt tot. Wir sind nicht quitt. Aber wir sind so weit, wie es im Moment möglich ist." Er knurrte. „Und ich muss dir danken. Du bist dieses Risiko eingegangen, als ich es nicht konnte. Für alles, was du bei unserem letzten Job vermasselt hast, hast du zumindest Sugar das Leben gerettet. Danke."

Brock stand wortlos da. Er hätte nie ein Dankeschön erwartet und war sich nicht sicher, ob er es verdient hatte.

Jared marschierte auf die Fahrertür zu. „Was ist dein Problem? Steig in den verdammten Rover."

Er schwang sich in Richtung Boss Man. „Das war zu einfach. Ich meine, zum Teufel, Mann. Ich verdiene Schlimmeres."

„Steig jetzt ins Auto. Du wirst früh genug mit Sugar zu tun haben. Sie will dich vielleicht nicht tot sehen, aber sie will fünf Minuten mit dir. Allein. Da könnte der Tod die einfachere Lösung sein.“

KAPITEL DREIZEHN

SARAH SAß MIT Sugar am Pool und beruhigte ihre Nerven mit einem Erdbeer-Daiquiri. Sie hatten Bethany vorher in einen Privatjet gesetzt, der sie zurück zu ihren Eltern brachte. Nun war Zeit zum Entspannen. Wenn sie es nur könnte. Aber Jared war schon seit Stunden weg und die Angst flüsterte ihr schreckliche Gedanken zu.

Sugar warf sich auf den Liegestuhl neben ihr. „Ich wollte schon immer mal hierher in den Urlaub fahren. Ich denke, wir bleiben ein paar Tage." Sie richtete ihren Blick auf Sarah, die auf dem Ende ihres Trinkhalms herumkaute. „Entspann dich. Es wird alles gut werden. Brock wird sicher dort rauskommen und auch ihren Männerscheiß werden sie auch gleich regeln." „Vielleicht." Sie nagte an dem Strohhalm, nahm noch einen langen Schluck und nagte wieder. Sie musste sich auf etwas ganz anderes konzentrieren. Den Männern würde es gut gehen. Sich verrückt zumachen, würde nichts bringen. „Ich denke, ich werde mir einen Job suchen, wenn ich nach Hause komme. Vorausgesetzt, Brock und ich arbeiten noch ein paar Einzelheiten aus. Keine Ahnung, was er vorhat, aber die Mädchen und ich verstecken uns nicht mehr. Sie werden in die Schule gehen, ich werde… irgendetwas tun."

Sugar nahm einen riesigen Schluck von ihrem Getränk. „Ja, darüber wollte ich noch mit dir reden. Wenn du Zuhause sagst, könnte es eher bildlich als buchstäblich sein."

Sarah hob die Augenbrauen an. „Was soll das heißen?"

„Jared hat dein Haus in die Luft gejagt. So richtig. Riesige Explosion. Ka-boom-ie."

„Was?" Sie drohte an ihrem Daiquiri zu ersticken. „Er hat was getan?"

„Tut mir leid, Süße. Jungs sind halt Jungs, du weißt schon."

EIN TÖDLICHES SPIEL 93

Sarah fing an zu lachen. Sie konnte nicht aufhören. Ihr Leben war der blanke Wahnsinn. Ihre Existenz war vollkommen lächerlich.

Sugar runzelte die Stirn. „Es ist nicht wirklich lustig. Ich meine es ernst. Ich habe versucht, ihn aufzuhalten, aber…"

Sarah streckte ihre Hand aus, um Sugar zu beruhigen. Tränen strömten über ihr Gesicht. *Es ist so lustig.*

„Sarah, geht es dir gut? Nicht, dass du mir hier einen Nervenzusammenbruch hast!" Sugar stellte ihren Drink ab und klatschte Sarah ins Gesicht. „Oh mein Gott, ich muss Mia anrufen oder so. Komm runter!"

Sie versuchte ruhig zu atmen, brachte aber nur ein Grunzen heraus. Dann fing sie wieder an zu lachen. Es fühlte sich großartig an. Sugar legte ihr die Hand über den Mund. Ein helles, mit Lippenstift bedecktes Lächeln blickte hinter ihren Fingern hervor. Dann fing sie auch zu lachen an. Sie lachten und tranken und lachten noch mehr.

Schließlich schüttelte Sarah den Kopf. „Ich habe das Haus gehasst. Ich wollte sowieso nicht dorthin zurück. Es wird großartig sein, neu anzufangen. Neues Haus. Neue Schule. Zur Hölle, neue Ehe."

Ein Pool Boy brachte ihnen frische Getränke.

„Brock behältst du aber, oder?" Sugar schlürfte den letzten Schluck ihres Drinks und schnappte sich einen neuen.

„Ja, aber wir wollen versuchen, die Dinge etwas aufregender zu gestalten." Sie hob ihre Augenbrauen.

Sugar klatschte wieder. „Das freut mich für euch."

„Jetzt brauche ich nur noch einen Job und—"

Sie setzte sich aufrecht hin. Die Aufregung erleuchtete ihr Gesicht. „Komm, arbeite doch bei GUNS!"

„Was?" Sarah lachte und schüttelte den Kopf. „Ich auf deinem Schießübungsplatz? Mein letzter Besuch dort war traumatisch und ich kann kaum eine Pistole von einem Gewehr unterscheiden. Du willst mich dort nicht."

„Ich meine es ernst. Ich brauche etwas Hilfe im Büro. Ein paar Marketingmaterialien. Ich möchte mit Logos und Branding spielen. Die Dinge haben sich ein wenig geändert, seit ich das ATF verlassen habe und, ich glaube, wir hätten Spaß."

Spaß? „Ich kann…" Außer Brock hatte sie niemanden wissen lassen, dass sie zeichnen und designen konnte. „Ich kann künstlerische Dinge machen."

Sugar hüpfte in ihrem Sitz. „Perfekt. Die Entscheidung ist gefallen. Du kannst mit mir arbeiten."

„Was zum Teufel?" Die Entscheidung war befreiend. „In Ordnung. Ich werde es tun."

Sugar lehnte sich in ihrer Liege zurück. „Die Jungs werden das toll finden. Und schau, da kommen sie."

Sarah blickte über ihre Schulter. Brock humpelte in sauberen, schlabberigen Hosen neben Jared. Sie gingen um die Ecke des Pools. Sie kicherte und beobachtete, wie viele Leute aus dem Weg sprangen, während sie sie anstarrten. Sie sahen aus wie Action-Figuren, die eine Beach-Party stürzten.

Sugar sprang auf. „J-Dawg."

„Babykeks." Er legte einen Arm um sie herum. „Ich wusste nicht, dass du einen Bikini eingepackt hast."

„Ja, hab ich, während du herumgelaufen bist und C4-Ladungen in deren Küche verteilt hast."

Er starrte sie an. „Tut mir leid, Sarah."

Sie zuckte mit den Schultern. „Mir geht es gut."

Brocks Kiefer klappte herunter. „Geht es dir gut?"

Sie nickte. „Das gibt uns eine Ausrede, um näher an GUNS zu ziehen. Ich arbeite jetzt dort."

„Was?", riefen die beiden Männer fast gleichzeitig und vollkommen geschockt.

Sugar lachte. Sarah auch. *So viel zu zwei Typen, die dachten, dass sie nichts erschüttern konnte.* Wie auf Stichwort kam der Pooljunge hoch und bot rosafarbene gefrorene Drinks an. Jared nahm einen. Brock winkte ab.

Zum ersten Mal war Sarah völlig entspannt. Sie legte sich zurück auf ihre Liege, schnappte sich ihren Daiquiri und schloss die Augen. *Alles würde gut werden.*

EPILOG

Drei Monate später

ES WAR SARAHS zweite Reise nach Saint Lucia. Letztes Mal war sie nervös, unsicher und ein wenig verrückt gewesen. *Vielleicht sogar sehr verrückt. Wer wusste das schon?* Aber diesmal wusste sie, was sie wollte – ihren Mann, der von seinem Einkaufsbummel zurückkam. Sie sah noch einmal auf die Uhr. *Brock sollte jede Minute zurück sein.*

Heute Abend würden sie ihr Ehegelübde erneuern. Ihre Kinder waren bei Oma. Eine Reihe von Titan- und GUNS-Freunden waren auch auf der Insel. Aber im Moment hatten Brock und Sarah den Nachmittag allein und kamen wieder ihre Einkaufsliste zurück. Sie hatten absichtlich Seile und Eis auf der Liste zu Hause übersprungen und gewartet, bis sie hierher zurückkamen. Zuerst schien es kitschig, aber in diesem Moment schien es, sexy zu sein.

Die Tür öffnete sich und ihr Bauch hüpfte. Sarah saß auf dem Bett, die Beine unter sich versteckt, mit nichts am Leib, als einem Grinsen. „Du hast aber lange gebraucht."

„Es stellte sich heraus, dass ich in zwei verschiedene Geschäfte gehen musste." Er hielt einen Behälter mit Vanilleeis und ein Bündel Seile hoch. „Und du, mein Engel, kannst dir aussuchen, womit wir zuerst spielen."

„Eiscreme." Sie kicherte und hüpfte auf den Knien. „Und ein Seil."

Seine Augen lagen auf ihrer Brust und glitten langsam nach unten. „Was immer du sagst." Brock warf das Seil auf das Bett und zog sein Hemd aus. Seine Erektion zeichnete sich offensichtlich in seiner Hose ab. Sie griff nach ihm und streichelte ihn.

„Auf den Bauch."

„Den Bauch?"

Er hob seine Augenbrauen an. „Tu es."

Sie drehte sich um, hielt aber ihren Blick auf ihn gerichtet. Er lächelte und benutzte ein Taschenmesser, um das Seil zu lösen und dann das Seil in Streifen zu schneiden. Methodisch legte er sie am Fuße des Bettes ab. Die Aufregung schwirrte durch ihren Körper, als sie auf das Himmelbett starrte. Ihr Herz schlug mit jeder Sekunde schneller, als sie darauf wartete, dass er ihr seine ganze Aufmerksamkeit schenkte.

Brock kletterte auf das Bett, spreizte ihre nackten Beine und glitt mit seinen Händen über ihre Oberschenkel, ihren Hintern und ihren Rücken. Drückte seine Handflächen gegen ihre Schulterblätter und brannte deren Hitze klar in ihr Herz.

Die Erregung pochte in ihrem Inneren und wartete auf seinen nächsten Zug. Beide ihre Arme lagen an ihrer Seite. Er nahm ihren linken Arm, bewegte ihn langsam, um ihn nach vorne zu ziehen und tat dann dasselbe mit ihrer rechten Hand.

Er lehnte sich nach vorne, um ihren Hals zu küssen. Sie zitterte vor Erwartung und würde töten, um mehr von dieser Berührung zu bekommen. Aber das war auch Teil des Spaßes. Seine Hände strichen ihren Bizeps und dann die Unterarme entlang. Eine Hand packte ihre beiden Handgelenke, während die andere ein Seil darum wandte und ihre Hände zusammenhielt.

„So ein schöner Körper", raunte er und schwebte immer noch über ihr.

Brock zog sich von ihr zurück, öffnete den Eisbehälter und schnallte seine Hose ab. Die beiden Geräusche raubten ihr den Atem. Feuchtigkeit drang zwischen ihren Beinen und ein pochendes Bedürfnis nach seiner Berührung ließ sie fast im Delirium versinken.

Sarah drehte ihren Kopf, um sich ihm hinzugeben.

„Schließ die Augen, Engel." Ein teuflisches Lächeln blitzte auf. „Oder auch nicht."

Eine Sekunde später hatte er einen Seidenbezug von einem Kissen abgezogen und ihn über ihre Augen gebunden. Seine rauen Hände trieben über ihren Rücken und stoppten an der unteren Schwellung. Starke Finger beugten sich und massierten sie. Er beugte sich über sie, seine Zunge folgte einem imaginären Muster auf ihrer Haut. Seine Zähne kratzten an ihrer

Seite. Ihre Haut reagierte, so sensibel und sehnte sich so sehr nach dem, was er als Nächstes tun würde, dass es ihr fast Schmerzen bereitete.

Eine gefrorene Überraschung berührte ihre Wade. Ein schwerer Löffel mit Eiscreme zog sich über die Rückseite ihres Beins. Schmelzende Bäche zerliefen auf ihrer Haut. Größere Kugeln blieben an Ort und Stelle, Eistropfen schmolzen langsam auf beiden Seiten ihrer Waden und Oberschenkel.

Ihre angeregten Sinne kitzelten entlang ihres Beins hinunter und ließen ihre Zehen flattern. Ein Schauer lief ihr über die Wirbelsäule. Eisige Kälte heizte ihrem Geist ein. Dann leckte seine Zunge eine flüssige Ranken von ihrer Wade. Starke, harte Hände beugten ihr Bein am Knie und brachten ihren Knöchel zu seinem Mund. Brock küsste, lutschte und leckte die Eiscreme, als sie auf die Rückseite ihrer Knie rutschte.

„So süß." Er biss und knabberte, als sein Mund zu einem qualvollen Stillstand kam. Mit Bedacht legte er ihren Knöchel wieder auf das Bett. Seine Zunge wirbelte hinter ihren Knien.

Auf ihren Beinen brachen Schauer aus. Ein Stöhnen entkam ihren Lippen. Sein Name fiel aus ihrem Mund, erregt und heiser und ihr Kopf drehte sich auf dem Bett.

Er lächelte auf ihrer Haut. Seine Zunge schlang sich über die Rückseite ihres Oberschenkels, leckte das Eis auf und ersetzte die klebrige Kälte durch seine überwältigende Hitze. Seine vereinnahmenden Küsse streichelten über ihre Wange und sprangen dann auf die andere Seite.

„Bitte, Brock." Sie drehte den Kopf wieder und hoffte, dass ihre Dringlichkeit zum Ausdruck kommen würde. Aber er zog seine Lippen langsam über ihren Oberschenkel, als das Eis auf ihrem Körper schmolz.

„Fühlt sich gut an, nicht wahr?" Und wieder hob er ihren Knöchel an. Das sanfte Saugen, das wahnsinnigen Lecken, schmolz die Kälte weg und liebkoste die hocherotische Stelle hinter ihrem Knie. Seine Lippen waren kühl, aber seine Zunge so warm. „Schmeckt noch besser."

Ich hatte keine Ahnung, dass sich das so… unglaublich anfühlen könnte.

„Wir haben da einen neuen Punkt gefunden." Kalte Lippen hingen an ihr.

Ihre Atmung war unregelmäßig. „Ah-ha."

Eine Hand glättete den Rücken ihrer Beine, stieß sie auf und strich über ihre Nässe. „Das gefällt dir."

Sie nickte. „Sehr sogar."

„Gut zu wissen, Engel."

Irgendwie, mit ihren zusammengebundenen Handgelenken und ihren verbundenen Augen, während seine Finger sie erkundeten, klang *Engel* sexier als je zuvor. Sie stellte sich vor, wie sie sich von dem massiven hölzernen Kopfende des Bettes weit ausstreckte. Die geschnitzten Bettpfosten meterweit entfernt. Ihr Körper krampfte sich zusammen und fragte sich, wie und wann die Seile, die Brock zugeschnitten hatte, zum Einsatz kommen würden. Er würde nicht zimperlich sein mit ihr. Nicht jetzt. Nicht als sie seinen Namen schrie.

„Keine Spielchen mehr. Ich lag falsch." Gebrochene Atemzüge, die kaum für vollständige Gedanken zuließen. „Ich brauche nur dich."

Seine Finger drifteten über ihren Hintern, feucht von ihren Säften. Sanft streichelnd wie eine Feder, wanderten seine Hände nach oben, während er seinen muskulösen Körper zwischen ihren Beinen bewegte. „Hat sich zu viel angestaut? Braucht mein süßer Engel Erleichterung?"

„Ja." Sie pulsierte und brauchte wieder seine verlockende Berührung. Aber er hielt sie stattdessen hin und legte seinen schweren Schaft entlang des Grats ihres Pos und streichelte sie auf und ab. Sie verbreitete ihre Beine und sehnte sich nach Reibung an ihrer Klitoris, aber die von ihr gewünschte Position schien schmerzhaft weit außer Reichweite zu sein. Völlig unmöglich.

„Brauchst du Hilfe?" Seine Stimme klang kehlig. Anstachelnd.

„Ja." Sie nickte, wollte sehen und liebte, dass sie es nicht konnte. „Berühre mich. Fass mich an."

Seine Brust drückte gegen ihren Rücken, während seine Lippen mit ihrem Ohrläppchen spielten. Brocks Hand rutschte über ihre Seiten und legte sich auf ihre Hüftknochen. „Bist du dir da sicher?"

„Ja." Ihre Hände zerrten an den Fesseln. „Brock, bitte."

Seine Fingerspitzen glitten nach vorne. Er spielte in ihren feuchten Locken, wölbte und streichelte sie, bis er ihre Klitoris fand. Diese Berührung war so notwendig gewesen, so unerwartet. Es raubte ihr den

Atem, ließ ihr Bedürfnis nochmals aufleben. Sie fühlte sich geschwollen und bereit.

Er saugte an ihren Nacken entlang. Sein Gewicht drückte sie auf das Bett, bis er zur Seite rutschte. Eine schnelle Bewegung und sie wurde umgedreht. Die Arme noch über dem Kopf gefesselt, die Beine frei und die Knie gebeugt. Er musste ihr mehr geben.

Das Ende eines Seils kitzelte ihren Bauch. Strom sprudelte über ihre Haut. *Oh, wie konnte ich die anderen Seile so schnell vergessen?* Ihr empfindliches Fleisch ging auf Alarmstufe Rotund Brock kratzte mit dem abgeschnittenen Ende von ihrem Schlüsselbein, das Tal zwischen ihren Brüsten herab, über ihre Klitoris und fesselte sie dann mit ein paar schnellen Handgriffen an ihren Knöcheln. Er streckte ihr Bein aus und band ihren Knöchel an einen Bettpfosten. Das andere Bein erhielt nicht die gleiche Finesse. Es wurde in einer Sekunde gepackt und gefesselt.

Sie konnte ihn nicht sehen, aber sie konnte ihn spüren. Spürte seinen Blick und wusste, dass er auf sie gerichtet war, geöffnet für ihn.

„Wunderschön." Er ging an der Seite des Bettes entlang und peitschte weitere Seile in seiner Hand. Jeder Schlag ließ sie zittern. Er lehnte sich hinüber, um ihre Lippen zu küssen, und band dann ihre bereits zusammengebundenen Handgelenke direkt über ihr am Kopfteil fest.

Arme zusammen, Beine gespreizt und Augen verbunden. Ihr Körper konnte das, was folgen sollte, kaum erwarten.

Ein kleiner Löffel Eiscreme landete auf ihrer Brustwarze. Seine Zunge folgte, als sie schmolz und zu ihrem Brustbein rutschte. Seine Finger zwickten sie in die andere Brustwarze, als er seinen Mund aufmachte. Mit jedem Kneifen und Ziehen ruckte ihr Körper. Ihre Muschi hatte sich verhärtet. „Ich muss dich berühren."

Sie wollte es. Brauchte es. Ihre Finger wollten sich ihm anpressen und ihn näher zu sich ziehen. Diese Folter beenden.

„Das wirst du. Aber ich bin noch nicht fertig."

Eiscreme fiel auf ihren Bauchnabel. Seine Lippen umschlossen ihn, seine Zunge schlug in die Tiefe ihres Bauches, während seine Finger sie an den Rand des Wahnsinns brachten. Eine Hand umschloss ihre Brust, massierte und rieb sie. Die andere Hand krümmte sich über ihren Hügel, zwei Finger drangen endlich in sie ein.

„Ja." Das war alles, was sie herausbrachte. „Mehr."

Zusammenhanglose Gedanken. Einsilbige Bitten. Ihre Beine kämpften mit ihren Fesseln. Das Seil rieb sich in ihr Fleisch und sandte Blitze aus, die ihre Beine hochjagten. Seine Finger fingen an, sie zu ficken, rein und raus, drückten sie grob einen Höhepunkt entgegen, für den sie sterben würde.

Sarahs Rücken bäumte sich auf. Seine Hände arbeiteten im Tandem. Stärker. Härter. Alles, was sie wollte. Dann küssten seine kalten Lippen ihre Klitoris und sie verlor ihren Verstand. Ihr Körper gab auf und sie schrie nach ihrem Mann.

„Komm für mich." Es war ein Befehl. Dessen Grollen pulsierten gegen ihr intimes Fleisch. Er hatte nicht die Absicht, sie davon kommen zu lassen. Sein Eifer, seine Entschlossenheit. Sein Eifer, seine Entschlossenheit brachten sie dazu, ihn umso mehr zu lieben.

Der Höhepunkt versiegelte ihre Augen hinter der Augenbinde. Das Feuerwerk explodierte, raketenförmig und strahlte auf jedes gefesselte Glied ihres Körpers aus. Ihre Beine zitterten. Ihre Finger verkrampften und verformten sich in eine ums Überleben kämpfende Klaue.

Brock warf sich über sie und hob die Seidenbinde von ihren Augen. Sarah blinzelte. Seine rauchigen Augen und sein gemeißeltes Gesicht hingen über ihr, als sie sich konzentrierte. Er starrte, tief und bedeutungsvoll, berührte ihre Seele, bis sie ihren Atem halb regulieren konnte. Noch gefesselt, aber in der Lage zu sehen, hob sie ihren Kopf an, ihre Lippen trafen auf seine und sie küsste ihn, bis sich seine Arme unter sie schlangen, und sie enger an ihn zogen.

Seine Erektion drückte in sie hinein, langsam, immer tiefer. „Ich liebe dich, Engel."

Seine Lippen fielen über ihre. Seine Zunge streichelte ihre. Seine Arme hielten an der Umarmung fest, während er sie von innen heraus streichelte und sie besaß. Sie mit Liebe und Trost und Hingabe in den Wahnsinn trieb.

Sie kam noch ein zweites Mal, allein durch den Klang seiner Stimme, weil sie wusste, wie sehr Brock sich für sie, ihre Familie und ihre Zukunft eingesetzt hatte. Er umarmte und streichelte sie immer noch, aber es war schneller und heftiger. Sein Atem raste mit ihrem. Sie waren klebrig, verschwitzt und synchron. Ihr Höhepunkt setzte sich durch und er folgte ihr. Brock stöhnte und biss in ihre Schulter, stöhnte und bohrte sich tief in sie.

„Ich liebe dich auch." Ihr Superheld. Ihr Mann. Ihr neues gemeinsames Leben. Sie liebte alles. In ein paar Stunden später, geduscht und angezogen und standen sie vor ihrer Familie und ihren Freunden, um sich erneut ihrem Versprechen der Liebe zu verpflichten. Aber in seinen Armen, in dem Wissen, dass er ihr *mehr* gegeben hatte, als sie ursprünglich erwartet hatte, schwor Sarah, jedes Risiko für ihn einzugehen, seine zu sein. Brock und Sarah Gamble. Für immer zusammen, immer auf der Suche nach ihrem *Mehr*.

DIE AUTORIN

Cristin Harber ist eine New York Times- und USA Today-Bestseller-Autorin. Sie schreibt sexy Liebesromane in den Genres Romantic Thrill und Military Romance, in denen es auch mal heiß hergehen kann. Ihre Titan-Serie schaffte es in den USA auf Platz eins der Amazon-Bestsellerliste.

Auf Deutsch erschienen sind:

Buch 1: WINTERS – EIN HEISSER EINSATZ
Buch 2: GARRISON – SCHUSS INS HERZ
Buch 3: WESTIN – JAGD AUF LIEBE
Buch 4: EIN TÖDLICHES SPIEL
Buch 5: VERFOLGT
Buch 6: VERGELTUNG

Mehr Informationen zur Autorin, zur Titan-Serie und Neuigkeiten finden Sie auf www.CristinHarber.de.

Cristin Harbers Bücher auf Englisch:

The Titan Series:

Book 1: Winters Heat
Book 1.5: Sweet Girl
Book 2: Garrison's Creed
Book 3: Westin's Chase
Book 4: Gambled and Chased
Book 5: Savage Secrets
Book 6: Hart Attack
Book 7: Sweet One
Book 8: Black Dawn
Book 9: Live Wire
Book 10: Bishop's Queen
Book 11: Locke and Key
Book 12: Jax
Book 13: Deja Vu

The Delta Series:
Book 1: Delta: Retribution
Book 2: Delta: Rescue*
Book 3: Delta: Revenge
Book 4: Delta: Redemption
Book 5: Delta: Ricochet
*The Delta Novella in Liliana Hart's MacKenzie Family Collection

The Only Series:
Book 1: Only for Him
Book 2: Only for Her
Book 3: Only for Us
Book 4: Only Forever

The ACES Series:
Book 1: The Savior
Book 2: The Protector

Each Titan, Delta, and Aces book can be read as a standalone (except for Sweet Girl), but readers will likely best enjoy the series in order. The Only series must be read in order.